ヨン・コーレ・ラーケ／著
遠藤宏昭／訳

●●

# 氷原のハデス（上）

**Isen**

扶桑社ミステリー
*1638*

ISEN (vol.1)
by John Kåre Raake

北極点とその周辺地域はいかなる国家にも属さない。それは全世界人民が共有する資源なのである。中国は世界人口の五分の一にあたる十億超の国民を抱えており、その国力を根拠として北極開発に参加する。いくつかの国が現在、北極支配をめぐって繰り広げている戦いは、地球上の全国家が享受すべき利益に対する侵害に等しい。現状を鑑みるに、「北極をめぐる戦争」の行く末を占うのはむずかしいが、すべての国の声が届くようでなくてはならない。もちろん中国の声もその一つである。

——海軍少将 尹卓（イン・ズオ）。二〇一〇年三月五日、中国新聞社北京本部によるインタビューでの発言。

味方か敵かは、氷が割れて初めて分かる。

——イヌイットの諺（ことわざ）。

■〈アイス・ドラゴン〉流氷基地 見取り図

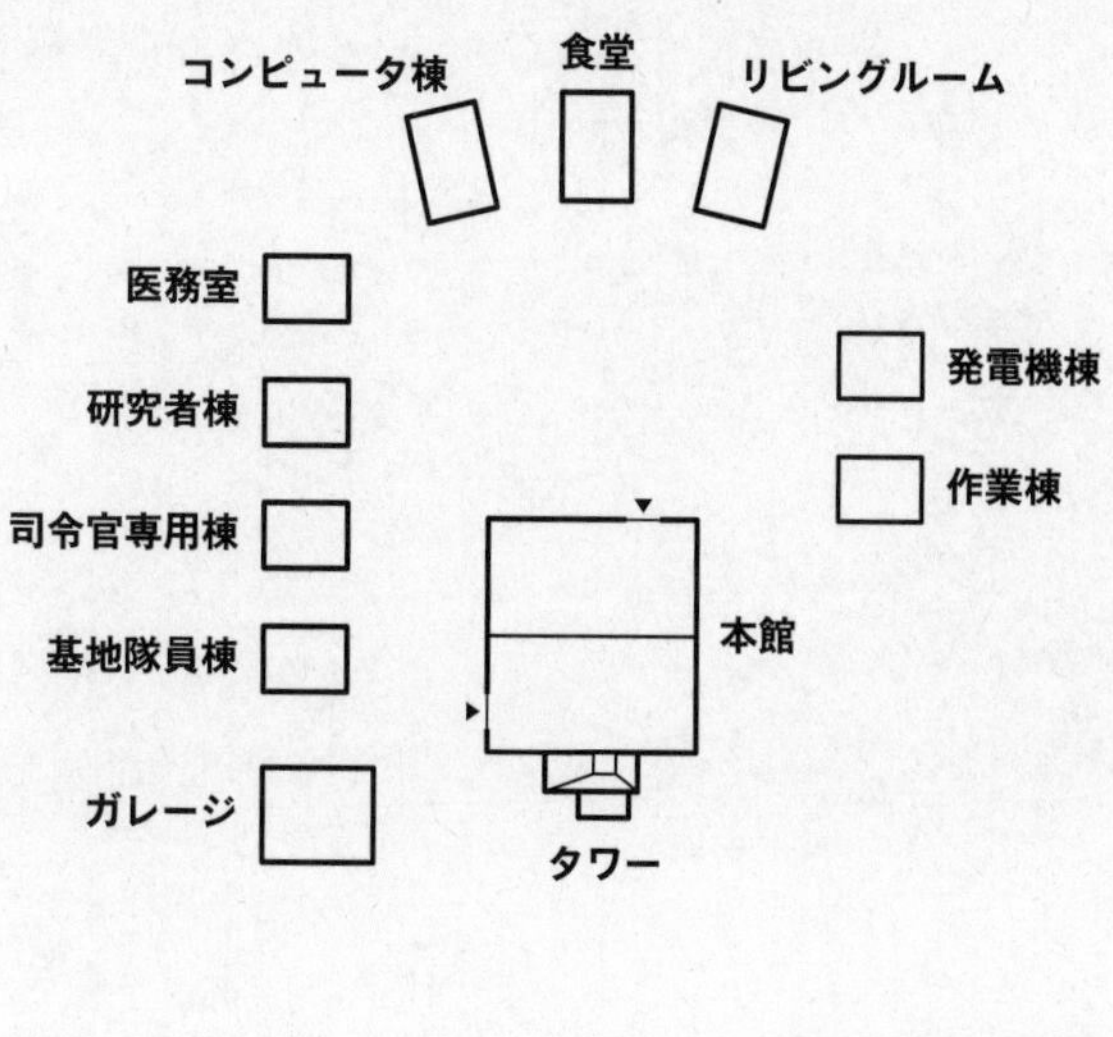

気象観測用
システムアンテナ

# 氷原のハデス（上）

登場人物

アナ・アウネ——————ノルウェー・フラムX北極調査隊員。元ノルウェー軍特殊部隊のスナイパー

ダニエル・ザカリアッセン——フラムX北極調査隊に参加する科学者

ヨハネス・アウネ——————アナの父親

ボリス——————————ロシア人気象学者

ジャッキー（シェン・リー）——〈アイス・ドラゴン〉生存者の一人。地質学者

マルコ（ジェン・ヒー）———〈アイス・ドラゴン〉生存者の一人。メカニック

スンジ——————————〈アイス・ドラゴン〉の司令官に飼われていたシベリアン・ハスキー

ヤン・ルノー————————〈国境なき医師団〉所属のフランス人医師

北極

二〇一八年十一月

# 1

万聖節

北緯八十九度三十五・七分　西経三十七度二十二・九分

一歩進むごとに、西安（シーアン）出身の男は死に近付いていた。摂氏マイナス二十度。極点としてはさしたる低温ではないが、この一時間、北方から吹く風が強まっていて、体感温度はマイナス四十度に迫っていた。

北極探検家はマイナス五十度以下を、二層のウール肌着に防水シャツを重ね着した上に、ダウンのズボンとジャケットを着込んで凌（しの）ぐ。

ガイ・ザンハイは裸同然だった。

貧弱な上半身を覆うのはチェックのランバージャックシャツ。下半身には、薄手のズボン下とグリーンのアディダス製スニーカー。ズボン下は左膝（ひざ）の上でちぎれている。頭部と脳を寒さから守っているのは、クマ皮の帽子だけだった。

ザンハイには分かっていた。このまま走りつづければ凍死する。しかし一歩でも進めば、死の魔手からそれだけ遠ざかるのだ。

追っ手のあの男から。

脚はすべての感覚を失っていた。極限の寒さに達すると、何より胴体が優先される。心臓の動きを維持するために、四肢と皮下の温かい血流が胴体に回るのだ。それでも脚は、それ自体に知恵があるかのように氷原の障碍物に対応した。脚は、巨大氷盤の運動によって表層にまで押し上げられた氷の塊を、ときに乗り越え、ときに迂回していく。一面に積もった粒状の新雪に足を取られよろけても、両脚は自動的にバランスを保つのだった。

上空で緑のカーテンが煌めき揺れ動いた。オーロラの光が、前方に広がる地形の輪郭を明るく照らし出した。ザンハイは長いあいだ、氷に閉ざされた風景が陽光を浴びる日を待ち望んでいた。国家海洋局極地考察弁公室の訓練基地で教官たちが見せてくれた写真。その写真にあったような景色を見てみたかった。

宇宙からまた新たに光のカーテンが降りてくる。オーロラの光が明るさを増していく。こんな平坦な地形では、追っ手に見つかるのも時間の問題だった。

温かいクマ皮に覆われた脳が、麻痺した両脚に向けて情報を伝達した——進路を変え西に向かえ。極地の夜を脚任せに走りながらかろうじて思いついたのは、追っ手をなるだけ遠くの流氷原まで誘い出したあと、敵に勝る脚の速さを生かして出発点にぐるりと取って返すこと、それだけだった。

あの温もりに還るのだ。

武器のあるところに還るのだ。

潮の匂いが鼻腔をついた。ぎりぎりのタイミングだった。

はやる脚をなんとか止めた。脚はザンハイを道連れに北極海に駆け込もうとしていた。見渡すかぎりの氷原に十メートル幅の亀裂が走り、割れた氷の底に黒い水流が見える。新しく出来たもので、表面にはごく薄い崩れ雪の層が形成されているだけだった。氷霧が漆黒の海から立ち昇り、オーロラの光が霞んで見える。半時間もすれば、亀裂に降りた霜雪は厚く固まり、スキーがあれば渡れるようになるだろう。が、ザンハイにはスキーも時間もなかった。今着ている衣服のほかにあるのは、信号拳銃だけだった。驚いたことに、痺れた指がいまだにそれを摑んでいた。ザンハイは水流に背を向けて腕を上げ、アディダスが新雪に残した足跡に銃口を向けた。自分を見つけるために、追っ手はあの足跡をたどってくるだろう。

目の前に、巨大な氷板が散らばっていた。暗い風景のなかでは、ばかでかい灰色のキャンディのように見える。その周囲にはなんの動きもない。

腕の震えがひどくなり始めて、フレアガンを握りつづけるのもやっとの状態だった。極地訓練の教官に習ったとおりだとすれば、まもなく肉体は血管の収縮弛緩機能を失う。そうなると比較的温かい部位に保持されていた血液が、氷のように冷え切った四肢に戻ってくる。四肢の低温によって冷却された血液は粘性の液体と化す。そして冷え切った血液が心臓に戻ったとき、脈拍は遅くなり、脳まで届く血流が減少する。最終的に脳の機能は停止し、幻覚がそれに続く。冷え切った皮膚の下を流れるわずかに残された血液は、熱を帯びているかのように温かく感じられるようになる。衣服を脱ぎ捨てたい衝動に駆られるほどだろう。

あとは死が待っているだけだ。

ザンハイは、追っ手が闇に包まれた氷の沙漠で迷った可能性に賭け、自分の足跡をたどることにした。まさにその瞬間、ザブンという水音が聞こえた。

決断があと数秒早かったら、ホッキョクグマも空振りしてくれたかもしれない。もっとも、それで結果が変わったとも思えない。

成獣のホッキョクグマは、短い距離なら時速三〇キロ超で走る。餓えた細身の個体ならそれ以上の速度を出せる。この若いメスは、何週間も餌にありついていなかった。そしてこのときまさにその獣が、ミサイルさながらの凄まじい勢いで水面を突き破った。

前肢の強靭な鉤爪がザンハイの脹ら脛めがけて振り出され、ぼろぼろのズボン下と凍りついた皮膚の一部を剝ぎ取った。獣はザンハイの身体を押しやった。氷の冷たさも、ぎざぎざの氷片が顔を切る痛みも感じない。身体はとうに、そうしたエネルギーを消費するばかりの不要な感覚を遮断していた。だが視神経は、顔の前で獣の口腔があんぐりと開くのを認識した。四本の長い犬歯。ずらりと並んだ鋭い臼歯。血のように赤い舌。瞳がそのイメージを脳に伝達する間もなく、獣の顎がザンハイの頭を締め付けた。頭蓋がぱくりと割れ、脳漿が氷上に飛び散った。

断末魔の苦しみのなかで、脊髄は何百万もの非同期信号を神経経路に送った。そのうち一つの信号が凍った神経末端を経由して、フレアガンを握った指先にまで到達した。

ザンハイはすでに死んでいたが、指先がぴくりと動き引鉄をひいた。撃鉄が鋼の銃身に装塡された信号弾の雷管を叩く。薬室で爆発が起こり、その爆風が照明弾を空に撃ち上げた。

照明弾はホッキョクグマの毛皮深く縞模様を焼き付け飛んでいった。肉食獣はザンハイの潰れた頭部を落とし、水流へとって返すとザブンと飛び込んだ。すでに海面には氷の層が出来始めていたが、そこにぽっかりと穴が空いた。波で分厚い氷片が亀裂の岸に押し寄せた。寒さで、氷片はすぐに一つに固まった。

照明弾にはパラシュートが付いていて、高度を保ったまま上空で明るく燃え、凍て付く風景に赤い光を投げかけた。その風景には、ザンハイの無惨な死体があった。地獄を垣間見るような景色だった。

# 2

北緯八十九度三十三分　西経三十七度四十三分

「もう、やってらんない！」

アナ・アウネはベッドの中で起き上がった。左腕が凍りつきそうだった。眠っているあいだに寝袋から滑り出した腕が、ホバークラフト〈サブヴァバー〉の内壁にくっついていたのだ。この壁は常に氷のように冷たい。ベッドの上にある窓がちゃんと密閉されていないせいで、隙間(すきま)風が吹き込んでくるのだ。目張り(シール)を交換すべきだったのだが、一番近い部品屋まで一三〇〇キロもあるし、どんなものであれ手に入れようとすれば、輸送機でノルウェーから北極まで運び、パラシュートで落としてもらうしか手はないのだ。というわけで、両腕をちゃんと寝袋に収めて眠るほうが簡単なのである。

アナは防寒(サーマル)ジャージの内側に手を突っ込んだ。冷たい指先の下で心臓が脈打っていた。日課の健康チェックだ――アナ・アウネは今日も生きている。腕時計の針が暗闇で光っている。二十三時十三分。なんで目が覚めたのかも、いつ眠りに落ちたのかも分からなかった。日光という目安がないせいで、北極の日々はすべて一つに交ざり合ってしまうのだ。

アナはあくびをし、霜で曇った窓越しに外を見た。ぴっちりした寝袋にくるまった自分の細い身体が映っていた。何かの幼虫のようだった。空に赤い星が輝いている。ばかでかいな、とアナは思った。超新星だ。アナは瞬きしたあと目をこすった。星はまだ輝いていた。もっとよく見ようと、冷たい窓ガラスに鼻を押し付け、呼気が窓に今以上の霜を付けないように息を止める。そうすると、赤い星の上に何かがあるのが見えた。白い煙、それにパラシュートだ。自分が窓の外に見ているのは死んでいく星などではないことを、アナはそのとき悟った。

照明弾だった。それを見たことで、神経系が血液にアドレナリンを送った。この手のことが何を意味するのか、アナはそれを知悉していた。

危険。

死。

そういうものすべてから、自分は逃げつづけているのに。

アナは座ったまま微動だにしなかった。風がホバークラフトのアンテナでヒューヒユーと鳴っているのが聞こえる。が、アナは信じ込もうとした――まだ自分は眠っている。やけにリアルな夢だから、夢だと分からないのだ。光も音もない北極の静寂に包まれアナは夢の続きを見た。が、少なくとも、自分が夢で何を見たのかは今も憶えていた。

キャビンの反対側で眠っている男を起こすのは気が進まなかったが、これだけ長いあいだ見つめていたら、照明弾が幻覚でないことは分かる。遠慮している場合ではない。

「起きて、ダニエル！」思わず大声を上げていた。

ダニエル・ザカリアッセン教授は、カーテンの向こうで何かもごもごと声を出した。キャビンは夜のあいだカーテンで仕切られている。教授が寝返りを打ちベッドが軋んだ。この老人は熟睡するタイプなのだ。

アナはベッドを降り、立ち上がってカーテンを引き、作業テーブルの脇を抜けた。テーブルには三台のラップトップが載っていて、どれも小さな唸りを立てている。接続されたケーブルは長さ数キロ、これが氷下にある機器に繋がっていて、そこから吸い上げてきたデータをコンピュータが高速処理する仕組みだ。

「ダニエル、照明弾が上がってる！」

アナが身体を揺り動かすと、ザカリアッセンはびっくりして起き上がった。ローズマリーのほのかな香りが鼻腔をついた。教授はカンフル・オイルが風邪を寄せ付けないと信じ込んでいる。実際のところは、流氷原には本来、ウィルスなど存在せず、存在するとすれば、自分たちが運んできたものだけなのだが。

「なんだって？」眠そうなかすれ声だった。

「照明弾が見える」

「照明弾……今か？」

いつもよりずっと明瞭な発音だった。ザカリアッセンはもともとトロムソ出身だが、ノルウェー北部方言特有の軽快な調子は、象牙の塔に住む科学者に主流の無味乾燥な言語に取って代わられていた。

アナはキャビン正面の大窓に歩み寄った。赤く輝く光はすでに落下中だったが、それでもまだはっきりと見えた。

「位置は？　位置は特定できたかね？」ザカリアッセンが叫ぶように言った。

「できてない」

ザカリアッセンはアナを押しのけるように前に進むと、計器盤の大きなコンパスに付着した結露を拭った。何かぼそぼそと言ったが、一回では聞き取れなかった。

「距離は？」ザカリアッセンが繰り返した。「ここからどのくらいだ？」

おおよその距離を見積もる。照明弾は、小さな氷丘脈の真上を降りて来ていた。

この氷丘脈は、二週間以上前に巨大な積氷からゴロゴロ、バキバキという凄まじい陣痛の叫びをあげて押し上げられ生まれたものだった。ベッドの下に置いたバッグに双眼距離計がある。だが、それを引っ張り出す頃にはおそらく、照明弾は姿を消しているだろう。代わりにアナは簡単なガールスカウト式テクニックで、素早く位置を計算することにした。

右目を閉じ、片腕を前に伸ばし、親指を積氷の頂点の一つに向ける。次に右目を開き左目を閉じると、親指は視野の中である二つの頂点分ずっと左に移動する。アナは最初の頂点と二つ目の頂点の距離をほぼ四百メートルと見積もった。この方法のキモは、これを十倍することだ。積氷の頂点までは四キロ。照明弾はそれよりもっと奥の方に見える。

「近くて四キロ、五キロかも」アナは言った。

自分の声なのに、体外離脱経験をしている気がした。ベッドに戻って寝袋のフードを頭に被ったまま、夢の続きを見たかった。

ザカリアッセンが小さなケースを取り出した。中には不恰好(ぶかっこう)な旧式のビデオカメラのようなものが入っていた。「赤外線カメラで誰かいないか見てみよう」ザカリアッセンはカメラのスウィッチを入れ、身体の前に構えた。背部の小さなスクリーンに凍て付いた暗闇が映った。全面青い景色の中で、ただ一つそうでないのは、照明弾だけ。

これだけは画面上でも赤く輝いていた。ザカリアッセンがカメラの向きをいろいろと変える。が、氷上で熱を発しているものはほかに何もなかった。ザカリアッセンがカメラをケースに戻し、コンピュータの前に腰を下ろした。

メガネを上にずらすと、額の皺が拡大された。スリープ状態から回復したディスプレイに、北極の地図が現れる。教授は痩せた指先をキーボードに置き、白い風景に数字を打ち込んだ。

「五キロ、北緯八十九度……三十九分七秒……西経……二十二分……九秒。何だこいつは？　この位置には何にもないはずだぞ」

前職でアナは戦況の理解が死活的重要性を持つことを、過酷な訓練を通じて徹底的に叩き込まれた。地形を把握せよ。常に交戦態勢を保ちつつ、急ぎの撤収やむなきときに備え退路を確保すべし。ザカリアッセンの言うとおりだった。照明弾のある位置には誰もいないはずだ。つまり、誰であれ、照明弾を撃ち上げた人間は、どこか人の住む場所から来たにちがいない。半径数百キロ以内でそんな場所は、一つしかなかった。

アナは一つ深呼吸した。中国基地に間違いない。

## 3

「〈アイス・ドラゴン〉よ」アナは大声で言った。「あの照明弾、アイス・ドラゴン基地のそばで撃ち上げられたんだわ。方角はあってる。中国の流氷基地があるところ。ここから北に七、八キロだろうと思う」

窓から外を見た。照明弾は盛り上がった氷の陰に落ちつつあった。地平線が血で縁取られたように赤く輝いている。災厄の前兆だった。これに似た光景を、アナは以前にも見たことがあった。あるとき、火は名も知らぬ町の上空で燃えていた。またあるときは高原で、またあるときは、大空にそびえ立つ山岳で燃えていた。警告はいつも同じだ。

戦争は様々な姿をとってやって来る。

今回のそれは、七〇年代の古びたキッチンテーブルで交わされた何気ない会話が発端だった。窓からはトロムソの町とフィヨルドが見渡せた。

「でも、北極探検に行けるチャンスなんでしょ？　何百って学生が飛びついてくるはずだわ」話を聞いたとき、アナはまず父のヨハネス・アウネにそう言い返した。父が、おまえならザカリアッセン教授の探検パートナーに打って付けじゃなかろうか、と言いだしたときだ。

「もちろん」父はやや口ごもりながら言った。「興味を持っている人間はたくさんいるし、ダニエルだって大勢と面接している。だが、どの人物も、何と言うか、どうもぴったり来ないようなんだ。ダニエルは、その……一風変わっているからな。それにアナ、おまえにとってもいい機会かもしれんし」

アナはあえて訊ねもしなかったが、気難しい七十三歳の男やもめと、九ヶ月ものあいだ流氷に乗って漂うことが、三十六歳になる娘にとっていい機会だと思い込むとは、いったいどんな心理観察の結果なのだろう？　それにザカリアッセンとはこの十五年、ほとんど会ったことも話したこともないのだ。

ヨハネス・アウネはダニエル・ザカリアッセンと、トロムソの同じ界隈で育った。ダニエルは優秀で、落第点を取りそうな生徒に個人レッスンを行っていた。こうした劣等生の一人が父だった。父は工業学校の整備士コースに入るために、どうしても国語で合格点を取らなくてはならなかったのだ。一方、ダニエルはヨハネスに、エンジンと機械工学に天賦の才を認めていた。その結果、何年か経つあいだに科学者と技術者コンビの友情が培われたのである。理化学機器作成が必要になるたびに、科学者が技術者を訪ね、確定申告の時期になると、領収書の詰まった買い物袋を持って、技術者が科学者を訪ねた。平凡な科学者生活に最後のひと花をと、ザカリアッセンに北極探検を持ちかけたのは、ほかならぬヨハネスだった。

「ダニエルにはこれが必要なんだ」父は言った。ニコチンで黄色くなった指先で古びたトランプを落ち着きなくいじっている。朝テレビを見るまえに、このカードでソリテールをやるのが日課なのだ。「ソルヴェイグが亡くなった今……あの男にはもう何もないんだ」

「パパ、あたしはセラピストじゃないの」

父は立ち上がると、流し台の上に設えた戸棚からカップを二つ取り出し、年季の入ったコーヒーメーカーのサーバーを手にした。繊細な作りのカップは、アナの母親がロシア系の祖母から受け継いだものだ。

「いいか、あんまり時間がないんだ。昨日ダニエルは最後の後援者を得た。スイスの研究機関が三百万クローネ近くを出資してくれることになったんだが、即刻北極に向かうというのが条件なんだ。ダニエルは科学者だから、数字とかそういうことに関しては強いが、やっぱり世話をする人間が必要だ。おまえには長く寒い冬の経験があるじゃないか」コーヒーを注ぎながら、父は力説した。

「最近は、寒さにあんまり魅力を感じてないし」苦いコーヒーをひと口啜りながらアナは答えた。

「だが、特殊部隊で訓練を受けてきたろう……この国でおまえが受けてきた軍事訓練を考えてみろ。北極の条件下で生き抜く術を知っているはずだ」

一瞬、自分が何より得意なのは、誰も帰還できないようにすることだと、まぜっ返したい衝動に駆られたが、そこは言葉を呑み込んだ。父はただ娘の力になりたいだけなのだ。この二年は父にとっても辛い時間だった。

レーナのノルウェー軍特殊部隊基地からの電話で、ヨハネスは夜中に叩き起こされた。「ご息女がシリアでの作戦中重傷を負われた」伝達内容は簡潔だった。「助かるか否かは把握していない」一時間後ヨハネスは、ドアに特殊部隊の紋章がついた黒塗りの車の後部座席に座っていた。トロムソの空港への途上で、車はアナの異母妹であるキルステンを拾った。キルステンは高台の高級住宅地で、夫と三人の子どもとともに暮らしていた。

二人は空港に連れて行かれた。空港には通常なら国防大臣、首相、国王がドイツにある空軍基地に直接飛ぶためのジェット機が用意してあった。その基地から二人は、ドイツ空軍のヘリコプターでラントシュトゥールのアメリカ軍病院へと運ばれた。父と妹が面会したとき、アナは酸素吸入と栄養補給のチューブを繋がれ、病院のベッドに横たわっていた。現地で二度の手術を経るあいだに三回、心停止を起こすほどの重態だった。回復の可能性を少しでも高めるために、アナはあえて昏睡状態に置かれていた。医師チームの説明によると、アナに強力な発射体が命中し、それが肩から腰まで通過したということだった。

意識を回復せぬままのアナを見守ったキルステンだったが、一週間後には帰らざるを得なかった。家族も仕事も放っては置けなかったのだ。ヨハネス・アウネはラントシュトゥールの病院に二ヶ月間留まった。トルムソから、〈アウネ・モーターワークス〉の従業員たちが、ビジネスは大丈夫だと連絡をくれていた。軍病院に運ばれて二週間後、医師チームがアナを昏睡から覚醒させた。

そのときアナが父親に言った最初の言葉は、「ヤンが死んじゃった」だった。ヨハネスは、娘が助かったことへの喜びに号泣した。アナは自分が助かったことへの悲しみに泣いた。

一ヶ月後ヨハネスはアナの乗った車椅子を押し、オスロ郊外のネソデンにあるスナース・リハビリテーション病院に入った。病院での六ヶ月に及ぶ過酷なリハビリのあと、アナは歩けるまでに回復した。その日のうちにアナはタクシーで、オスロ行きのフェリーが出る埠頭に行った。ネソデン・フェリーがアーケル・ブリッゲに着くと、アナは数百メートルを歩いて、とある目立たぬオフィスへ向かい、そこでヴィクトリア・ハマーに会った。何年も前にアナを秘密軍事部隊、E14にリクルートした女性だった。ヴィクトリアは慰留に努めたが、アナを思いとどまらせることはできなかった。

それ以来アナは、父宅の、以前のまま残されていた自室で暮らしていた。結局、決断を先延ばしすることへの口実の意味もあって、アナはザカリアッセンの北極探査に同行することを承諾した。これからの人生をどうすべきか、ということをめぐっての言い合いやお節介を避けるための口実。現実世界で新しい生活を始めるのを遅らせるための口実。ザカリアッセンのホバークラフトなら、氷盤に乗って北極へ、あるいはさらに遠く、文明世界の遥か彼方へと漂流していってくれることだろう。

自分の顔がホバークラフトの窓に映っていた。黒い髪が額に掛かっている。使い古したモップのようだ。肌は抜けるように白い。虚ろな瞳はただの黒い穴みたいだ。高い頬骨の下に、長い影が落ちている。はなはだしい鉄分不足に悩むヴァンパイアといったところだ。

無線機のスピーカーから雑音交じりの声が流れた。「こちらフラムX流氷基地。アイス・ドラゴン聞こえますか……? どうぞ!」

ザカリアッセンはマイクロフォンに顔を近付け、無線プロトコルに従って、ゆっくり、はっきりと発音した。歯切れのいい英語だが訛りがひどい。

「こちらホバークラフト、〈サブヴァバー〉、ノルウェー・フラムX調査隊。アイス・ドラゴン流氷基地、聞こえますか？　オーバー」

窓に映った自分の顔に、緑の光が当たっているのに気付いた。オーロラの長いカーテンが、宇宙から吹き込む太陽風の中でうねり輝いている。ここ一週間、いつになく強力な太陽嵐が通信システムに干渉していた。

太陽嵐によって人工衛星数基が稼働不能になっていると、トロムソ大学から警告が来ていた。ザカリアッセン教授は、出資者への週一レポートが宇宙空間から蹴り返されると、〈サーバーが見つかりません〉のアラートが表示されたディスプレイを、意味もなく掌で叩いたりしている。

アナのほうは、〈ビッグバン★セオリー　ギークなボクらの恋愛法則〉の最新回を見逃してしまいそうなことに苛立っていた。

「フラムX調査隊よりアイス・ドラゴンへ。聞こえますか？　オーバー」ザカリアッセンが繰り返した。

「ボリスに電話してみる」アナは言った。

# 4

「アイス・ドラゴンとは、こっちも連絡が取れないでいるんだ」ボリスが言った。

ロシア人のよく響くバリトンが、オーロラの明滅に合わせ途切れ途切れに聞こえる。その声を聞きながらアナの脳裡(のうり)には、背が低くて太った男が、ここより狭苦しい空間で身を縮めている図が浮かんだ。

「何か問題でもあるのかしら？」アナは訊(き)いた。

「いやなんにも。きみが電話をかけてきたから、問題があるのかなと思ったわけで」

ボリスはそう答えると声を上げて笑った。

「今のところは救難信号(メーデー)も出てないしねえ……」

この件は自分が対処しようと、ボリスが申し出てくれるのをアナは期待していた――これはロシア当局の問題だからと。

ボリスはシベリア最北端のタイミル半島に駐在する気象学者だった。天候海氷レポートを配信してくれるこの男とは、毎日お喋りしている。メールで衛星画像とレポートを受け取るので、本当は話す必要もないのだが、ボリスは話好きなのだ。

こっちがクラシック音楽に関心があると知って以降は、なおさら話したがった。クラシック音楽好きは母譲りだった。母はスクリーン・ミュージックが大好きで、暇さえあればピアノを弾いていた。ボリスは、故郷サンクトペテルブルクにぜひ来い、自分がガイドを務めて、コンサートにも、オペラにもバレエにも連れて行くからと言った。

サンクトペテルブルク出身で高尚な趣味を持った中年男が、いかにしてロシアで一二を争う索漠とした土地に駐在することになったのだろう？　学部長の妻と関係でも持ったんだろうか？　若い男の子たちと遊びまわったとか？　そんなことをいろいろ想像してみる。それは自分も、地図にないような場所に消えてしまいたかったからだった。氷というものは、地図に載せられるほど長いあいだ一箇所に留まってはいない。

ザカリアッセンは腕を伸ばし衛星電話を指した。アナは教授が話せるように、電話を持った手を差し出した。

「ＣＡＡＡとは話したかね？」ザカリアッセンが訊ねた。

ボリスの声から笑いが消えた。

CAAはロシア人に評判がいいとは到底言えない。中国は北極に接している国ではないが、それは氷下の天然資源に対しての権利を主張する妨げにはならなかった。それを示すために、〈スノー・ドラゴン〉、中国名〈雪龍〉を定期的に北極まで派遣している。ロシアは北極、それも海底に立てた自国国旗の真上に、炎のごとく赤い鋼鉄の巨人が停泊することに怒り心頭だった。

「中国側も太陽嵐には苦戦してますけど、スヴァールバルのイエロー・リバー基地が二時間ほど前にアイス・ドラゴンの司令官と連絡を取ってます。でも通信状態が極端に悪かったんで、少し時間が経ってみないと」

アナは窓の外を見た。あたりは漆黒の闇だった。照明弾の光は完全に姿を消していた。

「なんかのミスだったのかもしれない。日付がごっちゃになって、新年が来たと思い込んで花火を打ち上げたとか。そんなんじゃないか」ボリスが言った。

夜更けということもあって、ボリスのバリトンがウォッカのせいでかすれている。話す英語も怪しく、不協和音が印象的なムソルグスキーの交響詩を聴いているようだった。そう言えば、天才ムソルグスキーはアルコールで頭をやられていた。

「わたしが見たのは花火なんかじゃない。ヘリコプターを送ってもらえない？」アナは声を張り上げた。これなら太陽嵐による雑音があってもボリスに声が届くだろう。

「了解。明日風が鎮まったらね――中国の連中が救助を求めればの話だが」

「風はどれくらいひどくなりそうなの？」

「よくないねえ……最大風速二十メートル。強風から暴風のレベルだ」

ザカリアッセンが受話器を摑み耳に押し付けた。

「こっちではまだそれほど吹いてないが」

ボリスの笑い声が雑音交じりに聞こえてきた。「まあ、二、三時間後にでも電話で、どっちが正しかったか教えてください」

「結構。我々がサブヴァバーで行く。二時間以内にはアイス・ドラゴンに着くだろう」ザカリアッセンは断固たる口調で言った。ボリスが電話を切った。「アイス・ドラゴンがトラブルに見舞われているとしたら、救えるのは我々だけだ」

「嵐の中、出掛けられる？」アナは訊ねた。オーロラは消え、外は闇が支配していた。アナはホバークラフトの屋根に装備されたサーチライトのスウィッチを入れ、氷上に立っている測候装置に光が当たるようランプの位置を調整した。風向風速計はすでに猛烈な速度で回転している。

「サブヴァバーは以前にも冬を乗り越えている。機体はもつよ」ザカリアッセンが答えた。

「グリーンランドのツーレにアメリカの基地がある。ヘリを飛ばしてもらえば、わたしたちより早く着くわ」

ザカリアッセンとしても、アナの意見が妥当であることを認めざるを得なかった。だが、さんざん苦労したあげく、やっとグリーンランド西岸にある八二一空軍基地群の当直士官に電話を繋いでも、返事はボリスの言葉と似たようなものだった。中国基地が緊急事態にあるなら、まずは正式に救援要請をしなくてはならないし、現在の気象状況では、救援ヘリがたとえ北極まで飛べたとしても、ロシアのツンドラ地帯から近付いている嵐の中では着陸できないだろう、と言うのだった。

出発を最終決断する前に、ザカリアッセンはベルゲンにあるナンセン環境遠隔測定センターに電話した。これはサブヴァバーが所属する組織である。センター長はアナ同様、接近している嵐のことを心配しつつも、救助義務があるという点には同意した。出動許可を得たザカリアッセンがエンジンをスタートさせる音を聞きながら、アナはカーテンの陰で身支度をした。カーテンは父の家から借用した花柄のテーブルクロスだ。アイドリングが不安定で、機体がガタガタと揺れる。

口に掛かった髪の毛を払うと、顔の横にある細い傷痕が現れた。それが、防寒ベストの襟元から覗くもっと大きな傷に向かって真っ直ぐ下に伸びている。肩にも傷がある。右の耳朶はなくなっていた。シリアで受けた一発の銃弾。それによって死の淵を彷徨った過去を物語る痕跡だった。

大急ぎで防寒下着を身に付け、その上にもう一枚重ね着する。勢いよくカーテンを引くと、ザカリアッセンがハッチから出ようとしているところだった。風がまともに入ってくる。キャビンの室温が、海底に沈んでいく鉛の錘(おもり)よろしく、急速に下がった。ザカリアッセンがヘッドランプのスウィッチを入れ、ブリザードの中に這(は)い出した。

狭いキャビンの天井に頭がつきそうだった。サバイバルスーツが、ガスバーナーとケトルの上にあるフックに吊(つ)るしてあるが、そこまでたった一歩の距離だ。バーナーの隣にはサモワールが置いてある。美しい装飾が施された大ぶりのロシア製ティーポットだ。この小さなキャビンには間違いなく大きすぎる。ただ送別の品で断ることもできなかったのだ。贈ってくれたのはガリーナ。父が雇ったロシア人女性だった。アナの家はトロムソ海峡の絶景を臨むスイス風の大きな家だったが、数ある部屋の何室かを観光客向けに貸し出し始めたときに、ガリーナに来てもらったのだ。

「父がトランス・シベリア鉄道で車掌(しゃしょう)をやっていたときに、このサモワールでお客さんにお茶を淹(い)れていたの。寒いときには濃くて甘い紅茶にまさるものはないわ」空港でガリーナはそう言うと、アナの両頬にキスをし手を振って別れを告げた。

北極で三週間過ごしたあと、アナもその言葉に納得した。湯気立つ甘い紅茶ほど身体に活力を与えるものはない。しかし今はその暇がない。胸と膝の部分に反射ストライプが付いた蛍光イエローのサバイバルスーツを着て、青いムーンブーツに足を突っ込む。北極はオシャレとは無縁の世界なのだ。

アナはしんと静まり返った中で身支度をした。エンジンの低い唸りのほかには、自分の息遣いと木製の床板に靴がこすれる音だけがかすかに聞こえるばかりだった。

ハッチを押し開くと、北極の強烈な風が肌を刺した。

近付く嵐からの警告だった。

# 5

少し離れたところにザカリアッセンが立っている。氷の上でとぐろを巻いているいくつものケーブルを外しているのだった。観測機器に接続されたこれらのケーブルこそ、二人が北極にいる理由だった。いや、正確に言えば、ダニエル・ザカリアッセンがここにいる理由なのだ。

機器の大部分は海中数千メートルにまで達する長いケーブルに接続されていた。高感度センサーは、海中でアザラシが立てる音はおろか、シロイルカの群が、氷海に呼吸ができる隙間を求めて発する反響定位（エコロケーション）まで拾うことができる。他の機器は海中の見えない道、すなわち、表層下の海流中にぶら下がっている。最初の測定データが入って間もなく、ザカリアッセンは、前年と比較して海水温は上昇、塩分濃度は下降しているという結論に達した。

ザカリアッセンはアナに説明した――氷が融けて出来る真水が海洋の塩分を薄め、北極から赤道に向かって冷たい水を送る海流の力を弱める――赤道は海水を蒸発させ大気温を下げるわけだから、この作用が弱まると、大気全体の温度が上昇し、北極の気温も上がる——二〇一六年十一月のある日にたまたま取ったデータによれば、信じられないことに、平年より摂氏で二十度も高かった——いまや、北極の屋台骨自体が融け始めている、古代から途切れることなくここに存在した、硬く青い氷が融け始めているんだ。

「きみの子どもたちは、北極に氷がない地球で大人になることになりそうだな。この三百万年間で初めてのことだよ」フラムXのウェッブサイトに最初の探検ブログをアップした晩遅くに、ザカリアッセンは溜息交じりに言った。

「なら、わたしはラッキーかも。子どもを持つつもりがないから」アナは素っ気なく答えた。

ハッチを閉め、向かい風を受けながら機体の反対側に行き、氷の上に降りた。ザカリアッセンがこっちへ来いと手招きしている。

「ちょっと手直ししなくちゃいけないものがあるの」声が風に掻き消されたかと思ったが、ザカリアッセンにはちゃんと聞こえたようで、やめろと言うように両腕を振っている。

「いや、嵐が来る前に出発しなくちゃならん」

アナは、教授の言い分を無視し、急いで機体後部の大きなプロペラを通り過ぎて、その先の闇に入っていった。ヘッドランプの明かりを頼りに、氷上に一定間隔で立てたポールに沿って歩いていく。ポール間には罠線が張ってあって、ほとんど見えないこの線に侵入者が引っ掛かると、それぞれのポールの先端に装着した照明弾が発射される仕掛けだった。もっとも、世界の果てであるこの地では、侵入者のほとんどはホッキョクグマなのだが。

ヘッドランプの光が氷の上にある膨らみを照らし出した。アナは歩み寄り、膝をついた。手袋を外し凍て付いた指先に温かい息を吐きかけたあと、氷の塊を覆っている雪を払った。その日早くに自ら埋めた氷塊だった——十一月一日だったから。〈死者の日〉、〈万聖節〉。雪の下にある写真が顔を出した。氷の塊の中にあるあいだに、写真も凍ってしまっている。

ある男の写真だった。

男は青空を背に立っていた。日灼けした顔に印象的な目。目元の皺が、氷盤の亀裂のように伸び、白い歯を見せて眩しいほどの笑みを浮かべている。カールした焦げ茶色の髪。耳にかかった部分には白髪が少し交じっている。明るいブルーのジャケットを着て、胸にIDカードを掛けている。カードの文字は判読できない。

アナは写真の前の雪から何かを取り出した。墓灯篭だった。炎は消えている。アナは蓋(ふた)のネジを外し、ランタンの内部を照らした。ロウソクが雪に覆われている。上部にある通気口から降り込んだのだろう。ランタンを逆さまにして雪を振り落とすと、アナは使い込んだジッポのライターでロウソクに火を灯(とも)した。ライターの横腹には、ノルウェー軍特殊部隊のシンボル、翼のある短剣(ウイングド・ダガー)のエンブレムがついている。ロウソクの炎が安定したのを確認すると、アナは氷の表面に到達するまで深く雪を掘り、火がついたままのランタンを中に置いた。これで風からは守られる。

アナは膝をついたまま、写真を見つめた。ランタンの明かりの中で、男の顔が丸く浮かび上がった。ロウソクの揺れる光に、男の目が生気を帯びた。男の名はヤン・ルノー。ヤンは〈国境なき医師団〉からの派遣中に、シリアでISに拉致(らち)された。そのときまでアナとは一年近く一緒だった。双方にとって、最後の任務であるはずだった。アナはプロヴァンスの山間(やまあい)にあるセイヤンの村に引っ越すつもりでいた。そこでヤンの両親が小さなホテルを経営していたからだ。両親が引退したあと、二人で後を継ごうという計画だった。しかし、神は人の計画をあざ笑う。

ヤン・ルノーは、アナがドイツの病院で昏睡状態にあったあいだに、セイヤンの墓地に埋葬された。世間にとって、ヤンは仲間の人質を救うために犠牲となったヒーローだった。実際に人質を救ったのは、アナ・アウネであると知っているのは、ほんの一握りの人々に過ぎなかった。そして、ヤンが殺されたとき、本当は何が起こったのか、それを知る人はさらに少なかった。

アナはサバイバルスーツのごわごわした袖を引き上げて腕時計を見た。コチコチと針は進み、午前零時を回った。万聖節は終わった。死者は記憶の彼方に行く。世界の歯車は回りつづける。

サブヴァバーの機体をよじ登りキャビンに戻ると、ザカリアッセンが操縦席に座り、ステアリングホイールに手を乗せていた。苛立った表情を浮かべていたが、遅れて来たアナに文句を言うことはなかった。アナは振り返り、ハッチから氷上に置いてある金属製の常備品ケースを見た。生存に必要なあらゆるものが、ほぼ一年分、四十のケースに分けて収められている。仕事、食事、睡眠以外には、まず何も考えなくていい一年間だ。こうなると今までになく、睡眠が地上最大の快楽のように思える。

「出掛けているあいだに氷盤が割れるかも」アナが言った。

ザカリアッセンがアナを見た。

「割れたら、常備品が全部なくなっちゃうじゃない？　そうなったら、この探検もおじゃんになる」

老人はしばしアナの顔を見つめたあと、落ち着きなく目を逸らし、作業テーブルの真ん前にある壁の一点を凝視した。しばらくするとザカリアッセンは断固たる調子で首を振り、スロットルレバーに手を置いた。

「我々には危機に瀕(ひん)した人々を助ける義務がある」ザカリアッセン教授は意を決したように、スロットルレバーを前に倒した。

# 6

イヌイット語で、〈サブヴァバー〉は「素速く流れるように乗り越える」という意味だ。だが、ザカリアッセンの隣に座っているアナにとっては、機の進み具合から、「ゆっくりガタガタと乗り越える」という表現のほうがぴったりくると思わざるを得なかった。

風力が増していた。機のコントロールを失わないように、ザカリアッセンは二十五ノットの通常速度よりかなり低速で操縦している。

サブヴァバーは、機体の下にある分厚いラバーのスカートがトラップした空気のクッションによって空中に浮いている。空気のクッションが障碍物の影響を受けにくいのは確かで、サブヴァバーは氷塊や氷の亀裂の上をやすやすと乗り越えるが、反面、横風を受けたとき、機体下部に摩擦が生じないことが厄介な問題になり得るのだ。ザカリアッセンは、推進用大型プロペラの上についた方向舵(ほうこうだ)をステアリングホイールでせわしなくコントロールし、進路を調整しなくてはならなかった。サブヴァバーは酔っ払いのように千鳥足で前進した。ザカリアッセンが出力を上げ下げするたびに、アナは吐き気が喉元に上がって来るのを感じた。

アナは深呼吸して前だけを見るようにした。ヘッドライトの照らす先で雪片が、夏の夜に舞う白い蛾のようだった。現実とは到底思えない光景だ。指先が冷え切っていた。計器盤の外気温計が、照明弾を見てからこれまでの短い時間で、零下三十度にまで下がっていることを示している。座席が揺れるのを感じた。キャビン内にあるものがぶつかり合ってガタガタと音を立てている。ディーゼルオイルのかすかな匂いがする。機外ではますます勢いづく北極が、フロントガラスめがけて雪を打ち付けている。アナは雑念を振り払い、中国基地で起こったこと、到着したときに目にするであろうことを想像したが、単調なエンジン音が、集中力を別の方向に向けてしまう。いまだ氷の上にあるヤンの写真の方に。

その写真が撮影された場所を、アナは正確に憶えていた。二年六ヶ月二十二日前のことだ。

シリアのアイン・イッサ近郊の難民キャンプ。ヤンに呼ばれてキャンプを訪ねた。二人が知り合うきっかけとなった男児の様子を見るためだった。サディという名の子は簡易ベッドに横たわっていたが、顔を覗き込むと声を上げて笑った。嬉しさに喉を鳴らしたときに、唇の端から小さな泡がこぼれた。片脚の、膝から先がなくなっていることなど、気にしていない様子だった。シリア内戦の残酷な置き土産は、兵士、子どもの別なく存在する。

「サディは元気になるさ。子どもは大人より義足にも早く慣れる」しばらくしてエアコン付きのテントで昼食を食べているときに、ヤンが言った。二人でとった最初の食事だった。これが初めてのデートだと、のちにヤンは言い張った。こちらも同じくらい強い調子で言い返した。

「自分が、地球上で一番ロマンティックな人間じゃないことは分かってるけど、かんかん照りの砂漠の中を二時間も走りつづけて、着いた先が惨めな難民キャンプ——プラスティック皿からあなたが昼食と称するモノを食べる——それもあなたの仲間はみんなフランス語で議論してるし、わたしの食べ物に肘までつく——そんなのデートじゃない。ノルウェーでだって、トルムソの田舎でだって、断じてデートなんかじゃない」

そして今、ヤンは死に、自分はどうやら再び氷の女王となったらしい。プロヴァンスの山からやって来た自信に溢れたロマンティスト、ヤンに匹敵する男と出会うことは二度とないだろう。ドイツの病院で昏睡状態から意識を回復したとき、真っ先にアナの心に押し寄せ、すべての細胞を満たしたのは、永遠の恋人を失ったという事実だった。父がなんと言おうと、同僚がどう慰めようと、精神分析医たちが口々に、こうしろああしろ、とにかく前に進めと助言をくれても、もはや人生になんの意味も見出(みいだ)せなかった。それでもこうして生きている理由は、父が自分の死体を発見するという考えに耐えられないから――それだけだ。北極に行くことには同意した。だからと言って、戻るということではない。

「方向は合っているのか？」

突風に烈しく吹き付けられた機体が横滑りした。アナは夢想から引き戻された。膝に置いたコンピュータが床に滑り落ちそうになるのを、やっとのところで止めた。ラップトップに表示された時計は、中国基地に向け出発してからほぼ三十分が経過していることを示していた。ディスプレイに表示された衛星画像には三個の点が映っている。赤の点がアイス・ドラゴンの位置を表している。青がサブヴァバー、そして緑が、氷上に置いてきた備品に装着してあるGPS送信機を示している。サブヴァバーは赤と緑の点の中間にあった。衛星画像に黒い筋が見える。前方に氷の亀裂があるということだ。

「方向は合ってる。もうすぐ基地が見えるはず」

ザカリアッセンはエンジンの出力を上げた。

機体が浮き上がり、後ろでキッチンキャビネットがガタガタ揺れる。大きく口を開けた亀裂を越えると、氷上の雪が飛び散り窓に跳ねかかった。

「まずい！」

巨大な氷丘脈がサーチライトの光に浮かんだ。ザカリアッセンは機体を横に振った。サブヴァバーが横滑りし始める。そびえ立つ白い壁から、氷の破片が猛烈なスピードで迫る。白い氷原。黒い闇。氷の剃刀（かみそり）。

ザカリアッセンがスロットルをいっぱいに開けると、計器盤の赤ランプが点滅しエンジンが警告の悲鳴を上げた。それでも力任せに舵（かじ）を切る。機体はかろうじて氷のバリケードをかわした。

「危機一髪だ！　アナ、気を緩めんでくれ！」ザカリアッセンが怒鳴った。

心臓がパクパク言っている。耳の中で血管が脈打つ音が聞こえた。窓の外をぎざぎざの氷壁が横切った。針の山のようだった。計器盤に目をやる。何かがおかしい。

「レーダーをオンにしてみる」アナはそう言って、スウィッチを入れた。ザカリアッセンが出発を焦るあまり、入れ忘れていたのだ。

ザカリアッセンは何事かぶつぶつ呟（つぶや）きながら、窓の方に身を乗り出し外を観察した。今はサブヴァバーも滑らかに前進している。高い氷壁が北風から守ってくれていた。

強まる吐き気を呑み込んだ。衛星画像の青いドットが赤いドットのすぐ隣まで上がって来ていた。

位置座標は、北緯八十九度三十七分三秒、東経三十七度十三分十秒。極点からそう遠くない。

「もう着いてる頃のはず」

アナは、ワイパーが窓の雪を払うのを待ちきれず、曇ったガラス越しに外を見た。機体屋根のサーチライトが放つ強力な光の中に、巨大な氷丘脈が氷原に長い影を落としている。しばらくして、暗闇の中で何かがちらちらと光っているのが目に入った。

「停めて!」アナは大声で言った。ザカリアッセンがエンジンを急停止する。サブヴァバーが停止した。ザカリアッセンが外を見つめた。

「何も見えんが」

アナは手探りでスウィッチに触れ、サーチライトを消した。最初の車を手に入れたとき、父が教えてくれたテクニックだ。車は、父がその手で修理、再塗装してくれた古いボルボだった。「角の手前でちょっとヘッドライトを消すんだ。そうすれば、別方向から来る車があるかどうかが分かる」父はそう言ったあと、心配そうに手を振って見送ってくれた。トロムソ渓谷の、雨でぬかるんだ真っ暗な田舎道を運転し、コンサートを聴きに出掛けるときのことだった。

暗闇に目が慣れたところで、ようやく見つけた。氷丘脈の反対側で煌めいている光がある。中国基地からの光に違いなかった。

ザカリアッセンも同時にその光を見て、再びエンジンをスタートさせた。アイス・ドラゴンからの光が雪の積もったフロントガラス越しに流れ込んできた。強烈な光で、まるでＵＦＯのように、氷上に高くに浮き上がっている。ラップトップのディスプレイ上で青と赤のドットが重なった。

警告音が鳴った。

レーダーのスクリーンに、衝突回避シグナルが点灯した。獣のずらりと並んだ牙が機の真ん前に現れた。ザカリアッセンがいきなりステアリングを左に切った。ホバークラフトは荒っぽくターンをしそのまま突進、目前に迫る怪物の牙をかわした。明るい光の中で見ると、牙に見えたのは雪上に並べられたドラム缶だった。

青く塗られたキャビンが、ドラム缶の向こうにあるのが見えてきた。

ザカリアッセンはそのキャビンをよけて通ると、プロペラを逆回転モードにし、ＵＦＯの光の下に着氷した。アナは自分が無意識に息を止めていたことに、酸素不足で目がちかちかするまで気付かなかった。

ぎらぎらとした光を見上げると、目がずきずきする。今しがた通り抜けてきた北極の暗い夜と比べると、ネオン天国に着いたかのようだった。

# 7

エンジンが停まると、サブヴァバーは嘘（うそ）のように静かになった。機外では、中国基地を照らし出す明るい投光照明（フラッドライト）の中で、雪がミツバチの大群のように舞っている。エンジンが停まっても、窓がまだカタカタと鳴っていた。計器を見る。嵐がこっちに向かっていた。ボリスが警告していたやつだ。アナは、何もせず温かいシートに座ったまま目を閉じて、世の中から消えてしまう口実を探していた。「もう風速十四メートル近くになってる」アナは言った。「ほぼ強風レベルだわ」

「ああ、分かっとる。わたしが気付いてないとでも思ったのかね？」ザカリアッセンが苛ついた目つきでアナを見た。「状況が厳しいのは、最初から分かっていることだ」ザカリアッセンは外の様子をよく見ようとワイパーの速度を上げた。凍結したラバーがフロントガラスに出来た氷の薄層をこすり、キーキーと嫌な音を立てた。アナには、それが自分を責めている声のように聞こえた。

溢れんばかりの光は、大きな黄色い建物の背後に突き出したタワーのてっぺんから降り注いでいた。建物は少なく見積もっても、高さ七メートル、幅十五メートルはあるだろう。どちらかと言うと工場の倉庫といった趣で、これが本館だろう。

本館を取り囲む恰好で、もっと小さな赤いポーラーキャビンが馬蹄形に並んでいる。ほとんどの窓からは明かりが漏れているが、なんの動きもないし、好奇心から外を覗き見る顔もなかった。ザカリアッセンはメガネに息を吹きかけ、それを拭ったあと瘦せた鼻梁に戻すと、計器盤に目をやった。指先がスウィッチを探っている。

突然ホバークラフトの屋根でけたたましくサイレンが鳴った。アナはその音に跳び上がった。

風雪がその音を呑み込んだ。

サイレンを長めに鳴らす。二人して光に浮かぶ基地を見つめた。どの赤いキャビンのドアも開かない。暗闇から駆け出してくる者もいなかった。が、風の叫びとは別に、リズミカルな鼓動のような音――規則的にビートを刻むような音が聞こえてくる。

ザカリアッセンもその音に気付いた。ゆっくりと鼻から息を出す。不安の顕れだ。この救援活動が単なる英雄的行為で終わる保証はないと、ザカリアッセンは今になって悟ったのだ。

「ナンセン環境遠隔測定センターに知らせよう」ザカリアッセンが意を決したように言った。

ザカリアッセンが計器盤のホルダーから衛星電話を取り上げた。サバイバルスーツの生地がキュッと音を立てた。

「ああ、現在中国基地にいる」ベルゲンのセンター長が電話に出るとザカリアッセンは大声で言った。「いや、まだ人の姿は見てないが……なんだって？　もう一回言ってくれ……電話が遠いんだ……ああ、分かった。知らせるとも。これからちょっと見てみる。もちろん、用心はするさ」

ザカリアッセンは電話を切ると、立ち上がって作業テーブルまで行き、抽斗（ひきだし）を開けて何か黒いものを取り出した。アナに向き直るとそれを差し出した。ホルスターに収められた大型のスミス&ウェッソン・マグナムリボルバーだった。ザカリアッセンがロングイエールビーンで購入したものだ。

「銃は使わない」

初めてその言葉を聞いたとき、ザカリアッセンは驚いた表情を浮かべてアナを見た。ロングイエールビーンにあるラディソン・ホテルのロビーでのことだった。ドイツの砕氷船、ポーラーシュテルンが入港するのを待っているあいだ、二人はそのホテルに滞在していた。サブヴァバーと装備一式ともども、ポーラーシュテルンに乗り込む予定だった。ホテルは、厚い靴下にぶかぶかのダウンジャケットという恰好で歩き回る日本人やアメリカ人でいっぱいだった。入口には、〈館内での長靴使用はお控えください〉の掲示と並んで、〈火器（リボルバー、ピストル、ライフル）は、備え付けの銃器保管庫に入れてください・キーはフロントでお受け取りになれます〉とも表示してある。

ザカリアッセンは帰国する鉱山技術者からスミス&ウェッソンのリボルバーを買うために出掛けていた。スヴァールバル諸島では、居留地外に出る場合、火器を携帯するよう、全住民に指示が出されている。前日、居留地中心部にある幼稚園で目にしたのだが、子どもたちをスノーモビルから降ろす母親も、ベルトからリボルバーを吊り下げていた。

「まさか本気じゃないだろう、銃を使わないなんて？　きみは兵士じゃないか」ザカリアッセンは言った。

「兵士だった。過去形」

「それにしてもなぜ？」

「あなたには関係ない。使わないったら使わない、それだけ」

「いや、そいつは無理だ。議論の余地はない……武器なしで北極にはいられない」

「武器ならあるわ」

何年か前、東京で買った日本製の短弓を見せると、ザカリアッセンは声を上げて笑った。

「ホッキョクグマを弓で射ると？」

「できればそんなことはしたくない。腕を振り回しながら唸り声を上げればなんとかなる気がするし」

結局、リボルバーも、持ってきたモーゼルの旧式ライフルも使わないというアナの意向を、ザカリアッセンは渋々ながら受け容れた。アナが弓を使うのを見て、納得せざるを得なかったのだ。的にしたのは、サブヴァバーの隣にある大きな氷塊に並べた空き缶だった。二十メートルの距離から、アナは素速く的確に弓を連射し、すべての空き缶に命中させた。弦が矢を放つと、周囲の氷から鞭の鳴るような反響が返ってくる。ザカリアッセンが的の一つを拾い上げて見てみると、矢は缶を貫通していた。ちなみにそれは、前夜の夕食で食べたラブスカウスの空き缶だった。

ザカリアッセンは革製ホルスターに収めたリボルバーをアナの手に押し付け、外の明るい光の中で舞う雪を指差した。「視界ゼロの中、ホッキョクグマから身を守る術なしに大嵐に踏み出すなんて愚の骨頂だ……これじゃ、矢を撃つことなんてできないだろうし……そんなことはきみにだって分かってるはずだ」

リボルバーの金属部が手に触れた瞬間、アナは吐き気を催した。

「だめ。無理だわ」

「弓を使える状況じゃないんだぞ」ザカリアッセンは納得しなかった。

アナはシートから立ち上がり、キャビンの奥にあるベッドに歩いていくと、その下からノースフェイスのくたびれたバッグを引っ張り出した。バッグのファスナーを開け、下着、靴下、Tシャツ、ズボン下、それにまだ読み始めてもいない本と、中の荷物を次々と掻き分けていき、やっと、まだ封を切っていないラガヴーリン・シングルモルトウィスキーの下に、目的のものを見つけた。それは革製のケースだった。アナはそれを開くと中に収められていたナイフを引き出した。長い、マットブラックの刃の根元には分厚い革の柄（つか）がついている。ボスニアでの腕相撲大会で、アメリカ海兵隊員相手に勝ったときに賞品で手に入れたハンティングナイフだった。海兵隊員は相手がスカンジナビアの腕相撲ユース部門を三度制したチャンピオンであることを知らなかった。アナのテクニックは対戦者のパワーをやすやすと封じた。一度相手の腕を押し下げたあとは、大口を叩く男を黙らすのに、二秒とかからなかった。

「武器ならある、ほら？」アナはサバイバルスーツの横ポケットを開け、すっとナイフを入れた。ザカリアッセンはそれを苛立った様子で眺めていたが、不満気に何事か呟きながら、窓敷居に置いてある弾丸をつまみ上げた。旧式モーゼル・ライフルを持って氷の上に出たあとは、弾丸を必ずそこに置くのだ。弾丸を装填するとガチャっと湿った音がした。ザカリアッセンは片手で髪の毛の湿り気を払うと、決然たる表情でアナを振り返った。

「あそこに行って、中国人たちが何をやっているのか確かめんとな」

# 8

アナはサブヴァバーの機体を降りていった。強風が、氷のように冷たい針となって両目周辺の露出した皮膚を刺す。スキーマスクを被っていたが、風が睫毛（まつげ）に雪片を吹き付けてくる。雪片は硬く凍りつく前に体温で融かされる。

風から顔を背けると、ザカリアッセンがライフルを肩から掛け、後ろを降りてくるのが見えた。アナはスキーゴーグルを装着すると、ポケットに手を突っ込んで携帯電話があることを確認した。電話はサブヴァバーのＷｉ-Ｆｉに接続されている。オーロラと太陽嵐がまもなく鎮まれば、わずかながら、電話をかけるなり、ＳＭＳ（ショートメッセージ）を送るなりのチャンスが生まれる。雪の中、ザカリアッセンは重い足取りでアナを抜き、フラッドライトに向かって歩いていく。その背後に伸びた影は黒い雪男（イエティ）のようだった。

渋々、アナもあとをついて行く。雪の中を歩くのは重労働だ。襲いかかる風が、絶え間なく身体を押し戻そうとする。タイトな防寒フードと顔を覆う巨大なゴーグルのせいで、視界は限られている。周囲の様子をなるだけよく見るためには、歩きながら絶えず首を回さなくてはならない。舞い散る雪片がアイス・ドラゴンからの光を引き寄せ、暗闇で蛍のように明滅する。小さな集落ほどのサイズがあるこの大きな基地にいれば普段より安全な気がするはずなのに、五感がそうではないと叫びを上げていた。フラッドライトの届かない、暗闇に紛れた氷原のほうが間違いなく安全そうだった。顔を左に向ける。狭い視野が黄色い本館から、灰色に塗られた小さな平屋根のキャビンにさっと移動した。外壁に雪が厚く吹き寄せている。

反対方向を見ると、馬蹄形に並んだポーラーキャビンの、最初の二つが目に入った。二棟とも正面に幅広のドアがあるが、窓はない。遠いほうのキャビンは、屋根から二本の煙突が突き立っている。煙突からは目に見えない煙が立ち昇っているようで、雪がまた別の舞を披露している。

アナはザカリアッセンの後ろにつき、本館の端を抜けてくる風を除けて歩いた。本館の正面に近付くにつれ、鼓動のような音が大きくなった。ザカリアッセンは角を回り込み姿を消した。角に向かって一歩進むたびに、足が重くなる、以前も、ここに来たことがある。古い記憶が突然蘇った。脳内で記憶が電気信号となって神経を伝い、五感に押し寄せた。舞い散る雪がタンポポの種になった。

**タンポポの種が背に日没前の陽を受け、くるくると回りながら、空から落ちてきた。**

大侵略軍のパラシュート部隊みたいだった。うちとけた雰囲気だった。隊員たちは、他愛もないお喋りをしていた。前夜フィルムシティの将校食堂でやったカラオケ大会の話だ。

列の二番目についていた。アメリカ兵が前を歩いていた。初めての海外任務。NATO多国籍軍の一員としてコソボにいた。アメリカ兵が前を歩いていた。セバスチャンはいい声の持ち主だった。カラオケで歌ったセバスチャン・バージョンの〈マイ・ウェイ〉は、マシな部類だった。プリシュティナのダウンタウン。爆撃で破壊されたショッピングセンターの真ん前で、セバスチャンが振り返った。

「大丈夫？」角を曲がりながらセバスチャンが訊いてきた。

頷(うなず)いたあと、振り向いてほかの兵士たちの様子を見た。

バン。破裂音。

角が防壁となって自分は助かった。カラオケのセバスチャン。ミネソタの田舎町出身の兵士は、NATOのクラスター爆弾の子弾を受け命を落とした。同士討ち(ブルー・オン・ブルー)。味方に殺されたのだ。

アナは角の直前で立ち止まった。本館とポーラーキャビンのあいだにあるスペースに、数メートルの間を空けて雪の小山が三つあった。舞い散る雪が何千人ものミニチユアスキージャンパーのように降りかかっている。

角を曲がればその瞬間に、後戻りはできなくなる。本能がそれを知らせてきた。自分は再び兵士となるだろう。そして、氷下の磁力が世界中の羅針をすべて同方向に引きつけるように、アナ・アウネは惨事に引きつけられるのだ——どれほどそれから離れようと努力しても。

アナは一歩踏み出し、角を曲がった。

# 9

ロシアツンドラ地帯から吹き込む嵐が、姿なき貨物列車のように突進してくる。ザカリアッセンが二、三メートル先に立っていた。前にあるドアが風に煽られ音を立てている。

バン。バン。バン。

ザカリアッセンはドアの奥にある何かを見つめていた。やがてアナの方を振り返った。ザカリアッセンの顔とメガネを覆う大型スキーゴーグルに、フラッドライトが二重に反射している。瞳は深い眼窩と濃い眉毛に隠れていた。

「どうかした？」アナは大声で訊いた。

その問いは風に掻き消された。凍りつくほどの寒さだった。雪片がスキーマスクをくぐり抜け、口周囲の素肌に斬り込んでくる。

開いたドアが風にばたつく。

バン。

バン。

バン。

アナは深い雪に抗って半歩踏み出した。これでザカリアッセンの見たものが見えた。ドア奥の通路には四つん這いになった男がいた。頭を垂れ、真っ直ぐに床を見つめている。何かを探しているような恰好だった。

ドアが男に向かって開いた。指先を挟まれないように逃げるだろうと、アナは思った。しかし、ドアが再び風で開いても、男はまったく同じ位置にいた。

バン。

ドアフレームを摑むと、手袋に一本深い裂け目が入った。ザカリアッセンは同じ場所に立ったまま見つめていた。

「ダニエル、どうしたのよ？」

「この男……死んでるみたいだ」ザカリアッセンはアナの顔の真ん前で怒鳴った。飛んだ唾がアナのゴーグルで凍りついた。

アナは背中でドアを押さえながら、男に向かって屈み込んだ。男は白い霜に包まれ、頭髪は氷の結晶で覆われている。鼻からは氷柱が降りていた。

男の肩に触ってみる。厚手の手袋をしていたが、その感触に寒気が腕を伝った。動かぬ死体が冷たい邪気を発しているかのようだった。男の身体を引き寄せようとしたが、ぴくりとも動かない。両手が床に出来た氷の層に貼(は)り付いているのだった。エベレストで遭難死した登山家のようだった。彼らはヘリコプターでも到達できない高地で死んだために、未来永劫(えいごう)、山に残されてしまうのだ。

凍りついた人々。

「間違いない」ザカリアッセンに向き直り、アナは言った。「地下六フィート行きね」

「なんだって？」

「完全に死んでるってこと！」老教授の耳に聞こえるように、アナは大声を出した。

ザカリアッセンは激しく目を瞬(また)いた。「凍死したのか？」

「いや、そうじゃなくて、凍死させられたんだわ」

ザカリアッセンは凍った男を凝視した。「同じことじゃないのか？」

「四つん這いになってる。自然死なら床に横たわっているか、壁に寄り掛かっているかのどっちかだわ。まあ、世界一手間のかかる自殺って可能性もあるでしょうけど、それはちょっと信じがたい」

アナは氷に張り付いた白い手を指差した。

「摂氏零下二十度でも、あれだけの量の水があったら、かちかちに凍るまでに少なくとも二時間はかかる。そんなに長くじっとしていられるわけがない。この男を素早く凍らせるようなことが起こったにちがいないわ」

「事故かな？」

「だといいけど」アナはそう言うと、風の方に向き直った。赤いポーラーキャビンが本館を取り囲んでいる。弧状に建ち並ぶキャビンの光景が、突然、違ったものに見えた。迫り来る嵐から身を守るシェルターになったかもしれないキャビンが、何か得体の知れないもののシェルターになっている気がした。

アナはうなじの毛が逆立つのを感じた。

ザカリアッセンが内部の暗がりを凝視している。アナはその視線を追った。何も見えない。だが、アナは卒然と悟った——通路の男が最後ではない。アナはドアを放し、二歩後退した。

「いい、ダニエル、用心して！」アナは言った。

アナは凍った男から慌てて離れた。離れるのだ。アイス・ドラゴンから——氷原の冥府（ハデス）から。

ザカリアッセンが何か言ったが、風の音に掻き消された。

「……もっと……」

ザカリアッセンが暗がりを指差して叫んだ。

アナの言葉も風が邪魔してザカリアッセンには届かなかった。「だめよ、もうここから……」アナは壁沿いに視線を走らせた。見える範囲にほかのドアはない。意を決して本館の周囲を回り反対側に何があるか調べてみることにした。振り返ると、ザカリアッセンの姿が消えていた。アナはさっとあたりを見回したあとで、当たり前のことに気付いた。

「ダニエル！」アナは叫んだ。「戻って！　奥にいちゃ危ない！」

だが、聞こえないのか、聞く気がないのか、反応はなかった。

「もう、アッタマくる」

アナは手袋をしたままの手で大型マグライトを入れたポケットを開けると、入口に歩み寄った。ドアを壁に押し付け、下に雪を蹴り入れ固定する。

アナはゆっくりと息を吸い込み動悸を鎮めると、片足を上げて一歩踏み出し、凍った男の横を通り過ぎた。氷がバリバリと音を立てた。

心の中でフラッシュライトが明滅した。

みつ目の男。

アナは記憶を押し潰すと、マグライトを摑んだ腕を伸ばし、今ここにあることに集中しようとした。周囲の暗がりが生き物のように感じられる。影に身をやつした魔物が手を伸ばし、自分を強引に抱き寄せようとしているかのようだった。アナは常に理性を保つよう訓練されていた。が、あらゆる神経細胞からの信号が反論の叫びを上げている——理性の訓練?——ばかばかしい。暗闇を切り裂くマグライトの光が何かに当たった。前方に人影がある。ザカリアッセンではない。

# 10

アナは無意識にマグライトを振り上げ、強く握り直して、真ん前にいる男に殴りかかろうとした。が、一瞬のうちに考え直すと、相手からの攻撃を避けるため、長身を折り屈み込んだ。床はスケートリンク同様、つるつるだった。

アナは足を滑らした。

身体をかばった拍子にマグライトが手から落ち、氷の床を転がった。光が、灯台のそれを早回ししたように、くるくると回りながらあたりを照らした。光は、壁、梁(はり)、梁、壁、壁、梁……足を、顔を、また顔を……照らし出した。マグライトが動きを止めた。その光線の先で何かが動くのが見えた。

「アナ！」

ザカリアッセンだった。四つん這いになってアナの方に近付いてくる。サバイバルスーツの反射ストライプが鮮やかな光を放っている。

「なんてこと！　バカなことしないで、ダニエル。腰が抜けるところだったわ！」

ザカリアッセンの口から白い息が噴き出した。ショックで目が大きく見開かれている。

「死んでるんだよ、みんな！」

歯切れのいい上品な発音に乱れが生じ始めていた。

「死んでいるんだよ、アナ——そこらじゅうに死体があるんだ！」

アナはマグライトを拾い上げると、屈み腰のまま氷を摑むようにして前に進んだ。襲いかかってくるのではないかと思った男は、相変わらず同じ場所に立っていた。全身が白い霜に覆われている。小さな氷柱が両腕から垂れ下がっていた。通路の男同様、瞬時に凍結され床に固着したのだ。霜の下に見える顔から、間違いなく中国人、ないしは少なくとも、東アジア人であることが分かった。薄手のダウンジャケットを着ている。そしてどうやら、足にはスリッパを履いているようだった。酷寒を想定した服装ではない。

男の後ろにもう二体あった。二人の男はテーブルに着いたまま凍りついていた。テーブルの上にはやはり凍りついたものがある。おそらく、ラップトップだろう。もう一つの死体がテーブルの脇に横たわっていた。床全体を覆っている氷に沈み込む恰好になっている。取れた片足が近くに落ちている。損壊した死体を前に、喉元に吐き気が上がってきた。父は、客を迎えたときに、キッチンに入っては電動スライサーでガリーナ・サラミを切ったものだったが、その足はそのサラミ同様に、すっぱりと切断されていた。血が一滴も流れていない。男は倒れる前に凍ったのだ。足はおそらく転倒したときに、樋から落ちる氷柱のように、ぽっきりと取れたにちがいない。

凍った男たちの上にある天井からは、氷塊が下がっていた。落下してきた水が凍りついたものだろう。床の、大量の水が凍りついた部分からは、また別の肉体部位が突き出していた。一本の腕だった。頭部もあった。二つに割れていて、脳は薄灰色の繊維と化している。頭蓋骨の半分がさらに二つに割れ、眼窩が裂けていた。細い糸から小さな雪玉が垂れ下がっている。氷のガラスに覆われた黒い瞳に、マグライトの光がちらちらと反射した。

「なっ、みんな死んでるんだよ！」

ザカリアッセンの声が、金切り声と呼びたいほど甲高くなっていた。凍った呼気が、幽霊飛行船のように、顔の前で漂っている。オークリー社製ゴーグルのレンズはすでに厚い霜の層に覆われていた。このときになってはじめて、アナはこの建物の異常な寒さに気付いた。氷の下から強烈な冷気が滲み出てくる。密度の高い、止めようのない寒気だ。この場所を温められるのは、地獄の炎しかないような気がした。足を上げようとすると、ブーツのゴム底に氷が引っついた。

ザカリアッセンが何かを呟いた。口を開けるのに苦労している。寒さの中で口を開こうとして、凍りついた唇から血が数滴浸み出した。溢れ出た言葉が部屋を満たした。

「いったいこいつらに何があったんだ?」

「分からないわ」

雪に覆われたテーブルにアナは歩み寄った。そこで凍りついた男二人は、ともに頭を下げ両手で顔を覆っている。自分たちを殺した相手から、どうにか身を守ろうとしたのだ。男たちのラップトップは両方とも雪と氷に覆われている。手近なキーボードのキーを一つ押してみる。指の下で雪が潰れた。コンピュータも持ち主同様死んでいる。紙が二枚、ディスプレイにくっついていた。アナは一枚を引き剝がした。硬くなった紙には手書きの文字がびっしりと書かれているが、漢字ばかりで男たちが何に取り組んでいたのかを知る手掛かりにはなりそうになかった。アナは身体を回しながら、ゆっくりと部屋を照らした。凍った男たちが壁に長い影を投げかけた。だが、部屋に危険そうなものは何もなかった。工具キャビネットがいくつか、それにケーブル何巻かとコーヒーメーカーしかない。割れたコーヒーサーバーには霜が降り、こぼれ出したコーヒーが、黒いヘビのように這ったまま凍りついている。

マグライトを上に向けてみる。

光が屋根から滝のように垂れ下がった氷を照らした。水の流れが床に落ちる過程で凍ったのだ。ロケット花火が爆発する瞬間を静止画像で撮ったら、ちょうどこんなふうに彫刻的な恰好をしているだろう。この液体がどこから来たのか知ることは不可能だった。だが、この凍りついた滝と男たちを殺したものとのあいだに、なんらかの関係があることに疑いの余地はない。アナは少し空気を入れようと、指を差し入れてマスクを引っ張った。なんの匂いもしなかった。が、吸った空気に粘り気がある気がした。

「なんなのか想像がつく?」アナは訊ねた。

死体から目を背けながら、ザカリアッセンは自分のフラッシュライトの光を氷の滝に向けた。

「ただの水かもしれない」

「この人たちは水のせいで死んだんじゃない。一瞬で凍りついているんだから」

ザカリアッセンは考え込み、天井から垂れ下がる凍った液体を見つめた。

鋭い破裂音がザカリアッセンの思考を遮った。

銃声。

外からだった。

# 11

〈なんてバカなの！〉

銃声が響いたとき、心の中で激しく責める声があった。〈いったいどこまで愚かなの、アナ？〉

〈地獄への道は善意で舗装されている〉と言う。ザカリアッセンを追って中に入ってはいけないと、あらゆる本能が声を揃えて警告の叫びを上げていたのに、アナはそれを無視したのだった。あのような悍ましい死に方をした男たちが、殺人の被害者だった可能性もあるのだ。もしそうなら、犯人はそう遠くには行っていないだろう。

軍隊で最初に叩き込まれたルールの一つは、負傷した同胞が助けを求めてどれほど泣き叫ぼうとも、現場の安全を確保するまで駆けつけてはならない、というものだった。この大原則を忘れれば、助けに来た人間を次の標的にしようという、敵スナイパーの目論見にまんまと嵌るリスクを冒すことになる。結果、今度は助けに駆けつけた当人に、両陣営の中間地帯で息も絶え絶えに横たわり、救助を乞う番が回ってくるというわけだった。

銃声の残響が耳の中に金属音を残して消えてゆく。アナはその間に、どうにかルールの全容を思い出した。誰であれ、発砲した人間は通路のそばに立っているようだ。

「伏せて!」アナはザカリアッセンに向かって叫んだ。片手で氷を押し身体を回す。暗闇で動く影がはっきりと見えた。何か白いものだ。

また銃声。

アナは、狙撃者が暗がりで自分の姿を捉えた場合のことを考え、ぐるりと前転した。

再び銃声。白い影がまた動いた。

耳障りな金属音。もう一度鳴った——アナはようやく、自分が見ているものの正体を知った。

「なによ……バカにして……ただのドアじゃないの」

神経質になりすぎて、臆病になっていたのだ。寒気が頭を万力のように締め付ける。まともに頭が働かない。アナはマグライトを持ったまま立ち上がると、身体のバランスを取りながら、氷の床をドアに向かってゆっくりと歩いた。通路に四つん這いになった男の横を通り過ぎながら、アナは男の片手が取れてしまっていることに気付いた。三本の指がドアノブにしっかりとくっついている。その手の残りは潰れた状態でドアフレームの後ろに落ちていた。取れた手の掌にアナの足跡が残っていた。入ってくるときに踏みつけたにちがいない。

「原則どおりにやるのよ、アナ――まずは現場の状況を把握すること」アナは自分に言い聞かせるように声に出して言った。みぞおちのあたりに違和感がある。みぞおちは危険を予知するというから、ここにもまだ、危険が潜んでいるのかもしれない。部屋内部にあるのは死体だけだ。脅威があるとすれば、それは外からやって来る。見えるかぎりには人影がない。

本館の中にいた数分のあいだに、嵐は勢いを増していた。雪は猛烈な勢いで広大な中庭に降りしきっていた。反対側にあるキャビンは見えない。この天候を考えただけでも、外に出るのは自殺行為だった。

「いったいここで何が起こったんだ、アナ？」ザカリアッセンがすぐ後ろに立っていた。モーゼルの銃身が太ももに当たって、アナはザカリアッセンを後ろに押した。

「ここにいて。わたしがいいと言うまで、外に出ないこと」アナはそう言い残し、ドアから身を押し出すようにして嵐の中に出た。

腰を屈めたまま壁沿いに歩き、本館の角を曲がった。反対側に出ると建物自体が風除けになった。外壁に強く背中を押し付ける。ここには殺人者が隠れられるキャビンはない。建物に入る前に通りかかった青いキャビンは、遠く離れている。スナイパーライフルなら狙(ねら)えるだろうが、これだけの距離、これだけの雪だから、こちらの姿は見えないだろう。

頭をはっきりさせるために、静かに息を吸った。寒気に肺が悲鳴を上げる。アナは状況を分析した。

シナリオ一〈本館の中の男たちは全員事故で死んだ。その場合、照明弾を撃ち上げた人間はどこにいるのだろう？〉

シナリオ二〈男たちは殺害された。なんとか逃げた人間がいて、その人間が照明弾を撃ち上げた。だがその場合、殺人者はおそらく逃げた人間を追跡し、殺しただろう。ならば、殺人者は今もどこかにいるということになる〉

危険を過剰なまでに怖れるアナの心は、二番目のシナリオにしがみついた。それなら次の動きがきわめて単純だからだ。

ここから立ち去るしかない。

アナはマグライトを高く掲げ攻撃態勢を取りながら、角を曲がりまた嵐の中に戻った。寒さのせいでたちまち目に涙が滲む。目を瞬いてそれを払おうとしたとき、雪の中に動くものが見えた。

本館の前に誰かが立っている。

アナは身体を小さく丸め、氷上に身を投じた。倒れた拍子に、サイドポケットに入れたナイフが腰に押し付けられ、鋭い痛みが走った。一陣の突風が雪溜(ゆきだ)まりを切り開いた。人影がはっきりと見えた。屋根の上にある何かを見ている。

ザカリアッセンだった。

「何してるの！」風に負けないように大声で叫んだ。「いいと言うまで、出て来ちゃダメって言ったじゃない。危うく背中にナイフを突き立てるところだったわ」

アナの怒気を含んだ声にザカリアッセンは力なく腕を振って応えた。

「あそこにずっといるなんてできんよ……あの凍った男たちと……凍（こご）え死にしそうだった」舌がうまく回らないようだった。アナはあたりに素速く視線を飛ばした。周囲のキャビンをざっと見たかぎりでは、なんの動きもない。誰もいない。しかし、自分たちが立っているのは、どこからでも見える場所だった。数メートル前に雪の小山が三つある。そのうちの一つで、フラッドライトの光が雪に埋もれた金属らしきものにきらきらと反射している。

「本館のタワーを見てみろ。ありゃ、タンクだ」

アナは渋々上を見やった。タワーの足場に縛り付けた防水シートに、明るいブルーの大きな龍（ドラゴン）の絵が描かれている。才能よりやる気で勝負するタイプの素人画家が描いたものにちがいない。怪物の大きく開いた口から、緑の炎が吐き出されている。絵の隣に、赤いペンキで漢字がふた文字書かれている。氷（アイス）と龍（ドラゴン）だろう。

ザカリアッセンが言うタンクは防水シートの陰に隠れてほとんど見えなかったが、

てっぺんで氷の層が煌めいているのが分かる。「あのタンクから流れ出たものが男たちを殺したんだと思う」ザカリアッセンは言った。「何かが漏れたんだ」

アナは黄色い本館に目をやった。その仮説が正しいとしても、全体のパズルからは、まだ大事なピースが一つ抜けている。

「来て！」アナは大声で言うと、ザカリアッセンの手を摑み引きずるようにして、周囲のキャビンから離れた。

三歩で通路の凍りついた男のところまで戻った。マグライトの光が、男の残った手を照らし出した。アナが探しているものは、そこにはなかった。男の隣に落ちてもいなかった。通路の男は、照明弾を撃ち上げた可能性のある唯一の人間だった。しかしそれなら、フレアガンはどこに？　またしても、うなじの毛が立つのを感じる。誰かに見られているような気がしてならなかった。アナは踵（かかと）を支点に身体を回し、中庭を見渡した。

銀色のぼんやりとした光が視線を捉えた。一番近いところにある小山に埋もれていたものが、雪が吹き飛ばされたせいで顔を出している。何かが風にはためいている。アナが関わりたくないものだった。

ザカリアッセンがアナの視線を追った。「ありゃなんだ……雪の中にあるやつは？」

教授が自分と同じものを見た以上、選択の余地はなかった。怖れているものを雪が隠しているとしたら、この中国基地を離れることができなくなる。

「ライフルの準備をして」

ザカリアッセンはゴーグル越しに、呆気にとられたような視線を向けてきた。この救助活動によってどんな面倒に巻き込まれたのかを、いまだに理解していないのだ。

「一緒に来て。でもキャビンから目を離さないように。もし何か……どんなものでもいい……何か見えたらそう言って」ザカリアッセンの目にようやく理解の光が宿った。腰を屈めそわそわとあたりを見回しながら、ライフルに弾丸を装塡した。

二人は並んで、はためく物体に向かって走った。アナはキャビンの窓から一度も目を離すことなく走りきり、目的の物体の隣に身を伏せた。

「窓を見張って。何か見えたら大声を出す、分かった？」

銀色の物体を覆った雪を押し払う。雪に埋まったダウンジャケットのフードだった。内側から黒い頭髪が飛び出している。髪の下に蒼白い肌が見える。男の頭部だった。目らしきものが見えたと思ったが、どうも位置がおかしい。そしてそのときアナは、アイス・ドラゴンで起こったのは、事故ではないという決定的な証拠を手にしたのだった。

死んだ中国人の額のど真ん中に厚く血が溜まり丸く固まっている。銃創だった。喉に吐き気が上がって来る。視野が狭くなった。世界が白い花火の爆発に呑み込まれた。

## 12

氷上では、吹き付ける雪がアナの嘔吐物の上に積もりつつあった。アナは風に身を背けることもままならず、吐き気が来る前にスキーマスクを持ち上げた。口の周りですでに凍りつつある粘液をこそぎ落とす。冷気が顔に突き刺さる。身体を折り畳んだまま、吐き気が収まるまで喘ぎつづけたあと、マスクを元に戻して仰向けになった。ザカリアッセンが気まずそうに見つめていた。目をぱちくりさせながら、ライフルを胸に抱えている。

「大丈夫か？」

「ええ、平気」

「どうしたんだね？……まるでどっかに行っちまったみたいだったぞ——話しても聞いていないようだったし」

アナは、凍りついた男たちがいる本館に目をやった。風にはためく龍の絵の、さらに向こうを照らす明るいフラッドライトの光線を追った。ぎらぎらとした光に目が眩んだ。

強烈な光から目を背ける。気付くと、白い部屋に、白いシーツを掛けて横たわっていた。周りにいる人々は皆、白衣を着ている。喋ろうとするが口の中に何かが入っていて、言葉が出ない。白衣を着た一人がそばにやって来た。男だ。髪の毛が白い帽子に隠れているが、縫い目から血が額に滴り落ちている。男がマスクを取った。ヤンだった。

「調子はどうだい、アナ?」

応えようとするが喉に詰まったものが言葉をせき止める。口の方にぎこちなく手を持っていき、酸素吸入のチューブを掴んで引き抜く。やっと喋れるようになった。

「あなた、どうして生きてるの?」

「元気にやってるよ。でも、アナ、きみにはまだ早い。これからたくさんやらなくちゃいけないことがあるだろう」ヤンは額にキスした。その唇は肌に冷たかった。ヤンが白い帽子を後ろにずらした。黒い血が額にあいた穴から流れ出た。

アナは目を瞬いた。フラッドライトの光から視線を引き剥がす。ザカリアッセンがこちらを見つめていた。「一瞬、わけが分からなくなっただけ……もう大丈夫。心配ない」

動悸が激しくなっていた。ザカリアッセンが死んだ男を見下ろしている。死体の顔はすでに薄い雪の層で覆われていた。弾痕(だんこん)は灰色に変色している。

「殺されたのか？……」答える必要もない質問だった。

アナは周囲を見回した。赤いキャビンの窓には相変わらず動きがない。アナは嘔吐物の味を消すために雪に唾を吐いたあと、深く息を吸った。

「今はわたしの言うとおりにして、ダニエル……パニクらないで……」

「なんだって！」

ミスった。言葉の選択を間違えた。深呼吸しろ。一つずつできることからやれ。アナはザカリアッセンの旧式モーゼルを手ぶりで示した。

「掩護(えんご)して」

ザカリアッセンはライフルを身体から引き離した。ライフルが突如として毒ヘビにでもなったかのような反応だった。アナはザカリアッセンを引き寄せると、赤いキャビンの全棟が見渡せるよう身体の向きを変えさせた。

「何か見えても叫ばなくていい、即、撃つのよ！」風の中、アナは怒鳴った。「わたしは死体を調べる」

アナは寒さに痺れた指で、頭部からは目を逸らしつつ、死体と周囲の雪を探った。

武器はなかった。

アナは隣の小山に歩み寄り雪を蹴った。人の身体が現れた。死人はうつ伏せに横たわっていた。背中を撃たれたことを示すのは、ダウンジャケットに残された小さな裂け目だけだった。

三つ目の小山に行く前に、アナはザカリアッセンに目をやった。老人は銃口を前方に向け、風に身を乗り出していた。キャビンに銃を持った者が隠れていたら簡単に狙われる。だが、今のところ打てる手がない。

最後の被害者を覆っていた雪をなんとか掘り起こす。今度の男は仰向けだった。真上を見つめている。どんよりとした眼。血の気が失せた顔。アナは手袋を取り、露出した首筋に指を当てた。脈はない。指を離そうとすると、わずかながら肌にくっつく感触があった。

間違いなく、男は死んでいた。

男のダウンジャケットは胸の中央部に裂け目が出来ていた。銃弾が命中した場所だ。両腕が横に広げられている。ちょうど、スノーエンジェルのような恰好だ。薄手のジョギングパンツ、足には毛皮のスリッパ。武器らしきものは何も持っていない。三人のうち一人が犯人であることを、アナは願っていたのだった。精神に異常を来した人間が乱射事件を起こしたあと自殺する、というのは別段珍しいことではない。だがどの死体にも自殺の痕跡は見られないし、凶器と思しきものもない。これまで目にしてきたものから導き出せる結論はただ一つ――殺人者はまだ近くにいる、ということだった。

アナが振り返ると、自分の長い影が一番近い赤いキャビンにまで届いていた。相変わらず窓には何も見えない。だが、今や、全身のあらゆる部位が震えているのが分かる。耳の中で血管が脈打っていた。アナは雪の中を駆け足でザカリアッセンの元に戻った。

「みんな死んでる。殺されたの、ダニエル」風に負けぬ大声で、単刀直入に言った。

「今すぐ、ここから離れるのよ！」アナは老人の手を引き、サブヴァバーに向かって、子どものように雪の中を駆け抜けた。

# 13

ディーゼルエンジンが暖まり起動態勢が整うまでの短い時間が、永遠のように感じられた。フロントガラスのワイパーが全速で稼働しているが、吹雪の中、遠くまでは到底見えない。もし男がキャビンの一つに隠れているとしたら、自分たちがやって来るのを目撃したにちがいない。男。確証はないが、これが男の仕業であることは分かる。ひょっとすると、複数犯かもしれない。犯人は武器を持って立てこもっている。イグニッションキーを回したら、敵はすぐにその音を聞きつけるだろう。追いかけっこが始まるのだ。

その瞬間からカウントして、犯人がどこかの隠れ場所から走り出るまでのわずかな時間が、自分に与えられた持ち時間だ。その短い時間に、ホバークラフトの向きを変え氷上の安全地帯目指して中国基地を脱出しなくてはならない。

前方に視線を据えたまま、アナは衛星電話を摑むと目の高さに上げた。窓の外と電話を交互に見ながら、ボリスのナンバーまでスクロールダウンする。スピーカーからプッシュトーンが流れた。衛星との接続ができない。太陽嵐がブロックしているのだ。

「電話は死んでる――無線を試してみて」アナはザカリアッセンに向かって怒鳴った。

しかしなんの応答もなかった。隣の席で老人が前に突っ伏している。二人で機内に戻ったあと、操縦席に座らせようとしたのだが、ザカリアッセンはパニック状態のようだった。ただシートに座り込んで、モーゼルを摑んだまま、何事かを呟いていた――こんなはずじゃなかった……計画とは全然違う……。

「計画のことなんか忘れて、ダニエル、今やんなくちゃならないのは、なんとかここから脱出すること」アナは相手の無気力状態を打ち破ろうと大声で言った。だが、ザカリアッセンは下を見たまま、床を凝視するだけだった。アイス・ドラゴンでほんの短い時間を過ごすあいだに、二人ともある種の神経衰弱状態を経験していた。アナは自分の心的外傷後ストレス障碍の原因を知っていたが、この老人の場合、こんなふうになる原因はなんなのだろう？　あれだけの死体を見せられれば、こんなふうな反応を見せるのもまったく自然なことだと、アナは自らを納得させた。あんな悪夢をいきなり見せられたら、誰だってそうなる。

ようやく暖気完了のライトが点灯したところで、アナはイグニッションキーを回した。一発でエンジンが息を吹き返した。アナは窓の外を見つめたまま、両手を小さな操縦桿(そうじゅうかん)に置いた。今、何者かが機体に向かってやって来ても、離陸までは雪が視界を遮ってくれるだろう。ヘッドライトをつければ、敵の姿を早く発見することができるが、同時に、こちらの居場所を知らせてしまうことにもなる。

ホバークラフトの操縦法は、ロングイェールビーンで一回、ドイツの砕氷船から下船した直後の数日間にもう一回と、合計二回、ザカリアッセンから習っていた。しかしそれでも、ザカリアッセンは自分で操縦したがった。アナとしてはそれで構わなかった。いずれにせよ、モーターバイク以外の乗り物には一切興味を持ったことがないのだ。

エンジン音がやたらと大きくなった。強力なファンが機体下部から北極の空気を取り込み、氷上に向けて噴出した。サブヴァバーが機体を震わせながら氷を離れた。浮上した途端に横風が機体を煽った。アナはザカリアッセンに教わったとおり、向かい風の中を前進しようと機体を操作した。プロペラが風を噛み、舵が気流を横に押しやった。小さなホバークラフトが横回転し始めた。

フロントガラス越しに、凍った男たちがいる建物が視界に入った。

サブヴァバーが回転しながらアイス・ドラゴンを離れていく。アナは必死の思いでステアリングにしがみついた。ホバークラフトの操縦は車の運転とはまったく違う。機体が暗闇に飛び込む。フラッドライトの光が後方に消え、サブヴァバーは夜に呑み込まれた。ヘッドライトのスウィッチを求めて、計器盤上を手探りする。ライトがついた瞬間、前方から青いキャビンが迫っているのが見えた。

アナはステアリングをぐいと右に倒した。しかし、強い横風が機体を基地のキャビン方向に押してくる。

「ダニエル、機体のコントロールができない」

ザカリアッセンが目を瞬かせながら顔を上げた。現状を理解するのにいくらもかからず、老人は放心状態から覚醒した。

「ステアリングから手を離せ！」

ザカリアッセンが手を突き出して言った。

「出力を上げろ、もっとだ！」

アナはスロットルレバーをいっぱいに倒した。

青いキャビンが窓にどんどん迫ってくる。エンジンの激しい振動が窓をガタガタと揺らす。機内で何かが棚から落ち、ビー玉がぶつかり合うような音を立てた。アナは振り返らなかった。今問題なのは、目の前のキャビンを避けることだけだ。操縦席から、青い外壁が機の横窓のすぐ先にまで迫っているのが見えた。あと数秒あればかわせる。

強烈な捻力がかかった。鋲留(びょうど)めされたアルミシートが剝がされ、ずたずたになる金切り音が聞こえた。サブヴァバーは躍び跳ね振動し、キャビンの端でくるりと回る。

外壁の一枚が機体の横を打った。後部からは大きな衝突音が聞こえた。

「エンジンを止めろ！　止めるんだ！　プロペラに何か当たった！」

ザカリアッセンはスロットルを戻し、アイドリング状態にした。

再び衝突音が聞こえた。キャビン後部でガラスが割れた。

風がアナの首を打った。振り向くと、自分のベッドの上にある窓から雪が吹き込んでいる。割れた窓の外で、明るい光が揺れていた。

炎だ。

警報が鳴った。

「燃えている！」ザカリアッセンが叫び声を上げた。「大変だ、機外に出ろ！」唾がアナの耳にかかった。

「ダメ、中にいて。わたしが消してくるから」

パニックに陥った老人を押しのけて、アナはシートの下を探った。指先にプラスティックの取っ手が触れる。アナは消火器を取り出した。

ハッチまで大股（おおまた）で三歩しかない。ハッチを開けると、凍った雪片が顔に舞い降りてきた。外に目をやるとキャビンの外壁に巨大な穴があいている。先ほどの衝突でパネルが剝がれた箇所だ。炎に照らされた外壁の割れ目から、ドラム缶が覗いていた。燃料缶がずらりと並んでいる。

素敵。

サブヴァバーは基地燃料庫のすぐ隣で、火を出したというわけだった。

火元はプロペラ格納ハウス内のどこかだった。アナは急ぎ足で機体を横切り炎の方に向かった。炎は風で斜め外方向に揺れている。ディーゼルの匂いが鼻腔を打つ。炎から黒煙が渦巻くように立ち昇っていた。その黒煙を呑み込んだ風が上空に向かい、せっかくのオーロラを台無しにしていた。

火元はプロペラの下だった。アナは消火器のピンを引き抜くと、火の底めがけて泡を噴射した。炎はシューシュー、ジュージューと音を立てながらも、アナに向かって燃え上がる鉤爪を振りかざし、なかなか死のうとはしなかった。

# 14

炎が船室の壁に詰めた断熱材に達する前に、消火しなくてはならない。断熱材に燃え移ればサブヴァバーはあっという間に炎に包まれるだろう。が、ようやく消火剤が燃焼に必要な酸素を駆逐し、炎は鎮まった。火は一瞬、ぽっと燃え上がったあと、油のシミを残したまま闇に呑まれた。

艇内に戻ろうとしたとき、片肘の下に刺すような痛みを感じた。腕をねじって確認すると、サバイバルスーツにあいた穴の奥で火が燻(くすぶ)っている。火が敵を焼き殺そうと、最後の抵抗をしているというわけだ。アナはナイフで敵意の塊をほじくり出した。

「エンジンに損傷は?」ザカリアッセンは操縦席に座っていた。幸いなことに、もうへこたれてはいないようだった。

「分からない。見えなかったのよ。とにかく、かけてみて」

ザカリアッセンがキーを回すと、艇内をウィーンという悲鳴が満たした。

「セルモーターはとりあえず動くようだ……だがエンジンに燃料が回っていないよう

な音だな」

　ザカリアッセンがイグニッションを切った。艇内が静まり返った。アナは外を見た。ぶつかったキャビンが邪魔して、黄色い本館は見えない。身を乗り出し、ヘッドライトを消した。暗闇がキャビンを呑み込んだ。その向こうにフラッドライトの煌々(こうこう)たる光が見える。

「ダニエル、お願い……今すぐに外に出て見張りをして」

　サブヴァバーは、三台のイリジウム衛星電話、航空無線用の超短波(VHF)送信機、船舶(せんぱく)との交信用にVHF受信機、それに百ワットの無線送信機を備えていた。ザカリアッセンが外で見張りをしているあいだに、アナはそれらすべてを試してみた。

　再度衛星電話を試したが、そのあいだも、ほとんど窓から目を離さなかった。赤いキャビン周囲の明るいエリアにはなんの動きもなかった。横殴りの雪が光の中を舞い、建物の周囲でほぼ完全な円を描いている。離れたところから見ると、アイス・ドラゴンはスノードームのようだった。親から子へのクリスマスプレゼント——ミニチュアの街が中に入っていて、振ると中で雪が舞う、というあれだ。

　もしそのときアイス・ドラゴンを振ることができたなら、血の雨が降ったことだろう。

衝突音を聞いた犯人は、こちらがトラブルに見舞われていることを知ったにちがいない。これでまた敵が優位に立った。ひょっとするとすでに犯人たちは暗闇に向かって歩きだして、いつでもアナたちを包囲できるよう準備を整えているかもしれない。アナが警告を発信しようと苦闘する一方で、ザカリアッセンは機体の片側しか見張れない場所にいた。

アナはやっとのことで、緊急ロケーションビーコンを作動させることに成功した。アルゴス送信機は、コーヒー缶にも似た防水仕様の黒いプラスティックの箱だ。これを使えば、ＳＯＳ信号とともにサブヴァバーの正確な位置情報が、自動的に北極上空軌道を周回する衛星に送信される——もっともバッテリーがもつあいだだけだが。

緊急ロケーションビーコンのセットをおえると、アナはハッチから出て嵐の中に這い出た。損傷したプロペラ格納ハウス内に身を隠し立ち上がる。ザカリアッセンがエンジンルームに頭を突っ込んでいる。強風が襲いかかり、身体のバランスを保つのに苦労した。ザカリアッセンが作業をおえたときには、アナの顔の皮膚は冷え切り、強張（こわば）ったマスクのようになっていた。

キャビンに戻ったザカリアッセンの手には焦げたホースが握られていた。氷に覆われたサバイバルスーツはひどく汚れ、全身からディーゼルオイルの匂いがする。ザカリアッセンが焼け焦げたプラスティックの破片をアナに投げてよこした。「問題は燃料ライン。衝突で引きちぎれたんだ。それで燃料がエンジン本体に噴射された……エンジンてのは、回転時にもの凄い高熱を発する。で、引火した」ザカリアッセンは苛立ちを隠せぬ口調で言った。

「分かった。それでホース交換にかかる時間は？」アナは赤いキャビンから目を離さずに言った。首の筋が凝って痛かった。

「一時間……いや、二時間かな。が、どのみち、こんなひどい嵐を抜けるのは無理だ」ザカリアッセンはホースを作業テーブルに置いた。ぶかぶかのサバイバルスーツに包まれた老人の姿が、急に小さくしぼんで見えた。

「無線装置を試してみたけど、全部アウトだった。天候のせいなのか、衝突のときに何かあったせいなのか、どっちかだと思うけど」アナは言った。「なんとかならない？」

「そいつは大丈夫だろう。最悪の場合、壊れているって可能性もあるが、おそらくはケーブルの問題だ。一度に丸ごと取り替えるのもむずかしくない……」ザカリアッセンはあらぬ方向を見る目をして口ごもった。「だが、部品は全部フラムX基地に置いてきた。チックショー、なんてことだ」ザカリアッセンが苦々しい表情を浮かべてアナを見た。「すまん、こんな地獄に踏み込むなんて考えてもいなかったんだ。本当に衛星電話は全部試してみたのか？」

「もちろんやったわよ！　信じられないなら、自分でやってみて！」アナは怒りに蓋をしようと、深く息を吸った。「衛星は、大気の状態のせいか、嵐のせいか知らないけど、とにかくブロックされている。緊急ロケーションビーコンは起動した――こっちがヤバイ状況にいるってことは、救助センターに伝わるはず」

ザカリアッセンはアルゴスの黒い箱と点滅するグリーンのライトを不安そうな目で見つめた。「うまく行かなかったら？」

「うまく行かないわけがないでしょ？　緊急ロケーションビーコンは船の沈没事故用に設計されている。一緒に沈んで位置情報を発信しつづける仕掛けよ。ここからでも問題なく使えるわ。ただ天候のせいで時間がかかるだろうけど。今年はロシアが流氷基地を持ってないから、一番近くにあるヘリコプターとなると、グリーンランドかスヴァールバルか……もしかするとノヴァヤゼムリャか」喋りながらもアナは、基地から一度に数秒間と目を離さなかった。

「この嵐だっていつかはやむ」ザカリアッセンは床を見つめた。白髪の奥に光る頭頂が透けて見え、そこに広がるシミが見知らぬ大陸の地図を描いていた。

「でもこれ以上ここにいるわけにはいかないのよ、ダニエル」アナは言った。「この基地で実際何が起こったのか、わたしには分からない。本館内でのことは事故かもしれない。でも雪の中で見つけた人たちは射殺されていた。それは絶対に間違いない。つまり基地には、最低でも一人、殺人者がいるのよ」

「いた、だろう？」ザカリアッセンが訂正した。「殺人犯ってのは、逃げるもんじゃないか？」

「逃げるって、どこへ？　ここは北極よ。逃げる場所なんてないわ。この天候下で氷上に取り残されたら、凍え死ぬっきゃない」アナは外の吹雪に目をやった。舞い散る雪片の奥で、アイス・ドラゴンの放つ光が揺れていた——脈打つ心臓が電気を放出しているようだった。犯人は自殺したのかもしれない。どんな問題であれ、自殺はその手っ取り早い解決法だ。そんなふうに思ったものの、アナは現実を直視せざるを得なかった。新しいシナリオ。この血塗(ちまみ)れのチェスで駒を動かすとすれば、どんな手があるだろうか？

「もし誰であれこれをやった人間がまだここにいるとすれば、それは逃げるに逃げられないでいるということにちがいない……ということは、わたしたちこそ、脱出しようとする犯人にとって最後の望みということになるわ。サブヴァバーがここから出る唯一の手段だから」アナは言った。どんな一手を試しても、結局同じ戦略に戻っていく。嫌な展開だった。だが、もう駒はいくつも残っていない。そして、自分たちを救う力を具(そな)えているのは、アナ本人だけだった。

強い駒。クィーン。

「生き延びるには、もう一回、あそこに出て行かなくちゃならない。攻撃しなくちゃならないのは、わたしたちのほう。ダニエル、殺人犯を捕まえるのよ」

# 15

「この周波数帯を使用中なら誰でもいい、応答頼む。メーデー、メーデー、メーデー！」ザカリアッセンが、無人の教会に意気消沈した牧師よろしく、平坦な口調で繰り返した。無線機の前に座り、周波数変更ダイアルを回す。「繋がってくれ。誰か捕まるはずだ」

スピーカーから聞こえるのはホワイトノイズだけだった。アナには、何をしていいかよく分からないときに、決まってすることがあった。ベッドに歩み寄り下からバッグを引き出すと、前にある小さなポケットのファスナーを勢いよく開けて、嗅ぎタバコの箱を取り出す。ベッドに腰を掛けて、一ポーションを唇の下に押し込む。その日最初の一服だった。一瞬の間を置いて、ニコチンが鼻の周りをむずむずさせたかと思うと、ゆったりとした感覚が全身に広がった。

アナは外を見た。

機体の先には、吹き過ぎる雪以外に動くものは何も見えない。アナは一瞬思った

——どうでもいいじゃない、自分はこういう機会を待っていたんだから——どんな運命だろうと、ここに座ったまま、待っているのも悪くないじゃない？　だが、無線機の前に陣取った老人の緊張した表情を見て、アナも正気に戻らざるを得なかった。沈着な兵士の顔が取って代わった。ダニエル・ザカリアッセンをここで見捨てるわけにはいかない。

「ダニエル、弾は何発ある？」

ザカリアッセンがびくっとした。

「ふうむ、ライフルの弾倉はフル装填されてる。リボルバーには六発。そのほかにもまだたくさんある」老人は立ち上がった。明確な目的を持った単純な任務を得て、喜んでいるようだった——銃弾の箱を見つけ、中身を数えろ。ザカリアッセンは、アナのベッドの上にある壁掛け式の小さなキッチンキャビネットに歩み寄ると、扉を開けて缶詰とクラッカー、それにスパゲッティを一方の端に寄せた。

「このあたりに弾薬の箱を置いといたんだが」ザカリアッセンの荒い呼吸が聞こえた。腕を伸ばすと、サバイバルスーツの袖がキュッキュッと鳴った。ザカリアッセンが下の棚から米とジャガイモを取り出した。

「おかしいぞ……落っこちたんだろうか……」棚のずっと奥に手を入れる。二回ばかりふふんと鼻を鳴らしたあと、ザカリアッセンは赤い箱と大きな灰色の箱を取り出した。ふたつとも蓋が開けられている。

「どうしてこんなことが？　ちゃんと閉めておいたのに……」ザカリアッセンは箱を見下ろしながら憤慨していた。アナは覗き込んだ。間違いようもない。箱の中にはもう何発も残っていなかった。

「謎だ……弾はここのどこかにあるはずだ……理解できん」

怒りが混乱に取って代わられていた。アナはザカリアッセンを脇に押しやると、マグライトで戸棚の中を照らした。奥の壁に細い亀裂が見えた。その亀裂に指を差し込んでみると、壁の冷たさが皮膚に伝わった。が、弾丸はない。

「箱に入っていたというのは確かなの？」

ザカリアッセンはうろたえたように目を瞬いた。アナは問い詰めたことを、やや後悔した。もう確かなことなんて、何もないのだ。

「ああ、もちろん。箱に入っていたことは間違いない。ほかのどこに入れるって言うんだ？」

割れた窓から入る寒気が、首にかかる。ぞくぞくする。ザカリアッセンがエンジンと格闘しているときに、どれくらい外にいたのだろう？　十分？　十五分？　エンジン格納ハウスを風除けにして立っていたが、アナは今、その位置から見た光景を思い出そうとしていた。吹雪で視界はよくなかったし、もっぱら、基地から出てくる人間を見つけようとしていた。反対側に回ることができた人間がいたのだろうか？　機体に上がり、割れた窓に忍び寄ってサブヴァバーに侵入した者が？

アナはベッドの上にある窓に目をやった。割れたガラスの残りがいまだにシールに突き立っているが、一部が機体から外れかかっている。「ああこれでやっと、シールが交換できるってわけだわ」アナは手袋をはめた手を割れたガラスの上に這わせた。だが、窓をくぐり抜けた者がいるかどうかは、分からずじまいだった。

「何をしてるんだね？」ザカリアッセンが訊いてきた。ほとんどからの弾薬箱を手にしたまま、相変わらず戸棚のところに立っている。

「バカげてるけど、衝突したとき弾が窓から投げ出された可能性もあるんじゃないかと思って」アナは嘘をついた。ザカリアッセンの目に疑いの色が浮かんでいる。「あらゆる角度から検討するってのもむだじゃないでしょ？」

「数を数えた。合計で、十四発」ザカリアッセンは言った。「装塡ずみのものを含めてな」

何らかの反応を期待しているようだったが、何と応じてよいものか分からなかった。救出されるまで、十四発で持ちこたえられるのか？

「フラムX調査隊より救難連絡。メーデー、メーデー、メーデー」ザカリアッセンは単調な口ぶりで唱えた。なんの応答もない。

「ダニエル、すぐに機外に出なくちゃ」アナは老人の貧弱な肩に手を置いた。ザカリアッセンはもう一回救難要請をしたあと無線機のスウィッチを切った。信号強度と周波数を示すランプが消えてゆくと、外の世界が存在しなくなったような気がした。二人と、サブヴァバーと、氷上に待ち構えている何者かしかいない世界になった。

アナはモーゼルが正常に動作するかをチェックさせた。ザカリアッセンは弾丸の装塡手順を実演し、薬室から弾丸が正常に排出されるかも確認した。アナはその様子を見守ったあと、弾倉を取り外し弾丸を再装塡するように指示した。残りの弾は、すぐに手の届く胸のポケットに入れるように言った。

「きみはどうするんだ?」ザカリアッセンは手に握ったリボルバーを差し出した。それを受け取ったら、その重さで足元の床が崩れ落ちるような気がした。機体下の氷にまで落ちて、溺(おぼ)れ死んでしまうだろう。

「大丈夫。ナイフがあるから。先に出て」

## 16

ハッチがバンと閉まる音を背中に聞いたとき、突然機内に戻りたくなった。心地よい船室に這い入り暖房を最強にして、首まで寝袋に包まれる。サモワールを火にかけ濃いお茶を淹れるのもいい。なんにも考えずに目をつぶって、救助されるか、破滅させられるか、どっちにせよ、ひたすら最善の結果を願う。しかし、肉体はそんな考えに耳を傾けなかった。骨と筋肉が脳の反抗を無視し、はかない文明の幻想からアナを引き剝がした。

アナは一番近いキャビンに向かって走った。キャビン裏の陰に隠れるまで呼吸をしなかった。ザカリアッセンが続いた。暗闇から敵が現れた場合に備えて、モーゼルを構え後ろ向きに速足で歩いている。やっとキャビンに到達すると、ザカリアッセンは浜に上がったクジラのように、大きく鼻を鳴らした。

老人の細い身体の陰に、リブヴァバーの機影がかろうじて見えた。燃料庫に寄り掛かる恰好で停まっている。アナたちの小さな家が惨めこの上ない姿を晒(さら)していた。艇尾は黒く焼け焦げ、コックピットのライトは消えている。窓という窓の前にはすでに巨大な雪溜まりが出来ていた。全長十二メートル、幅六メートルのアルミ缶になぜこれほどまで愛着を持てるのか不思議だった。

ザカリアッセンの呼吸が整った段階で、隣のキャビンとのあいだに忍び込んだ。狭い通り道に嵐がさらに勢いを得た。嵐のトンネルを抜けていくのは、まるで海中を歩くようだった。右のキャビンから低く唸るエンジン音が聞こえた。真正面に見える庭の真ん中で、中国人のフードが風にはためいている。アナは死後の世界を信じていなかった。だが今ここで、あの世にいる中国人が殺人者の居場所を知らせてくれたなら、なんであれ望みのものをくれてやったろう。

アナが角で足を止めると、ザカリアッセンのライフルの銃身が身体にぶつかった。「気をつけて、ダニエル。背中から撃たれるのは好きじゃない」ザカリアッセンを軽く押し戻しながら、アナは右にあるキャビンの窓を素速くチェックし、動きのないことを確認した。左のキャビンのドアまでは一メートルとない。

「ここで見張りをして」アナが指導教官になった。「十五まで数えたら、身体を百八十度回して、後ろから誰も来ないか確認する」ザカリアッセンはすぐに身体を回した。アナは相手の頭を乱暴に掴み、自分の方を向かせた。「五秒間振り返ってから、中庭の方を向いて十五秒。十五……五……十五……五。いい、分かった？」

ザカリアッセンは頷くとライフルの床尾（しょうび）を肩に押し付け、背中を壁につけて前方のキャビンに狙いを定めた。アナはサイドポケットに片手を突っ込むと、ハンティングナイフを取り出した。

一、二、三……

ナイフを手に、アナは突っ込んだ。ドアノブを摑み、ドアを思い切り開けて、ナイフを振りかざしながら暖気の中に駆け込む。

背後でドアがバタンと閉まった。アナは腰を折り身体を丸めた。天井のランプが発する強烈な光に目が眩んだ。光に慣れようと目を瞬く。古い機械油の匂いが鼻をついた。

部屋の壁には棚がずらりと並んでいる。棚のあいだに隠れるのは簡単そうだった。

「怖がらないで。助けに来たの！」アナは叫び、耳をそばだてた。だが聞こえるのは、風の音と床に滴る水の音だけだった。キャビンの暖気にサバイバルスーツの雪が融けて水滴が落ちているのだった。

そのキャビンは作業場だった。

棚にはＤｅＷａｌｔ（デウォルト）と大きな黒文字でプリントされた黄色の工具箱が整然と並べられている。ドライバーとスパナがずらりと下がっている横には、斧（おの）、釘打ち機（ネイルガン）、それに長尺のアイスドリルが壁に固定されていた。

アナはさらに奥まで歩いていった。棚を通り過ぎたところで、奥の壁際にエンジンのパーツとホースが積まれているのが見えた。その隣には大きな作業テーブルがある。壁にはネットが掛かっていて、その中にパラシュートと思しきものが収められていた。赤と黄色のラベルが貼られた大きな木箱が一つ、床に南京錠（なんきんじょう）で留められている。ハーネスをつけた橇（そり）が一台、巨大なタイヤの隣に置かれていた。タイヤの片側には亀裂が入り、リムから外れた状態になっている。

キャビネットに『プレイボーイ』のポスターを貼るという、本格派ガレージの伝統に敬意を表した者がいたらしい——中国人女性が階段に足をかけてポーズを取っていた。ぴっちりした紫色コスチュームが胸を顔の近くまで押し上げている。加えて頭には紫色のウサギ耳。〈チャイナ・リー〉と、ポスターの隅に派手な字体で印刷してある。

そのキャビンには誰もいなかった。振り返ると、ドアの横にあるスティール製キャビネットが目に入った。大きな南京錠と金鋸（ハックソー）が前の床に放置してある。錠は切断されていた。

キャビネットを開けると、中のラックには何も置かれていない。クリーニング用のボロ布があるだけだった。武器収納用キャビネットだ。あるはずの武器はどこに行ったのか？　ライフル用のラックが十、キャビネットの底部にある棚は、大量の銃弾を収納するのにじゅうぶんな大きさがある。

九ミリの弾丸が一つ、棚の下に隠れていた。つまり、このキャビネットにはライフルのほかに、リボルバーかピストルが入っていた、ということだ。この発見でますます不安が募った。アナは殺人者がほかにも秘密をしまい込んでいる場合に備えて、ハックソーをポケットに突っ込んだ。さらに結束バンド一摑みとダクトテープ一巻きを、管曲げ機(パイプベンダー)の載ったテーブルから拾い上げた。戦闘現場で結束バンドとダクトテープは必需品なのだ。

外に出た。ザカリアッセンのサバイバルスーツを見ると、前の部分に雪の層が出来ていて、それが硬く凍りついていた。嵐は着々と勢いを増し、気温が急激に下がっている。早急に避難場所を見つけないかぎり、北極に殺されることになるだろう。

「中に何があった?」

アナはキャビン二棟のあいだにさっと入り込むと、細道の終わりまで駆け抜けて、そちら側の安全を確認した。

「ただの作業場だった」

ちょっとした戦争を始められるほど、敵には武器も銃弾もたっぷりある、などと告げて、この上老人を怖がらせたところでなんの意味もない。隣のキャビンには前のキャビンのような不安要素はなかった。ドアを勢いよく開けたとき目に入ったのは、三台の大型発電機だった。

中庭の北側に並ぶキャビンに行くためには、フラッドライトの光に身を晒して歩いて行かなくてはならない。一瞬、ザカリアッセンにフラッドライトを狙って撃ってくれと頼もうかとも考えたが、数少ない弾を無駄遣いするのも嫌だった。

走ろうとしたが無理な話だった。ボリスの予報どおり、嵐は全力で襲いかかってきていた。猛烈な風のせいで、顔を背けないかぎり呼吸することすらほとんど不可能だった。

目指すキャビンまであと二メートル。何かが見えた。

今度は本物だった。影の中で動きがあったのだ。フラッドライトの光を二つの目が反射していた。二つの瞳の中で光がちらちらと揺らめいている。

「そこに何かがいる」

目の端に、ザカリアッセンがゆっくりと身体を回すのが見えた。

「掩護して！」アナは風に向かって叫んだ。

ザカリアッセンがライフルを構えた。それが何者であれ、影に隠れていたものは去っていた。灰色の影がキャビンの脇を走り抜けるのが見えた。銃声が嵐の咆哮(ほうこう)を切り裂いた。そしてもう一発。ライフルが火を吹いた。ザカリアッセンが発砲した——一回、二回、三回……

「ストップ！」アナは怒鳴った。が、手遅れだった。

# 17

ザカリアッセンは弾倉がからになるまで撃ちつづけた。引鉄をひくたびに、銃身が跳ね上がり痩せた肩が震える。銃声がやんだとき、アナは立ち上がりザカリアッセンのもとに走った。

「撃たなくていいの！　ただのキツネよ！」

ザカリアッセンがアナを見た。混乱しているようだった。

「ごめん、わたしのミスだわ――間違えたの。キャビンとキャビンのあいだに誰かがいると思った」アナが言った。

ゴーグルの奥で、同意しかねると言うように、太い眉が寄った。「だが、真冬の北極にキツネなんかいないぞ」

「獣だったのは確か。尾っぽがあったし。隣のキャビンの陰に走っていった」

「ヤマキツネが北極まで来るのは夏のあいだだけだ」学者があくまで反論する。「わたしは――」

「オーケイ。了解。いずれにせよ、ここにいるわけにはいかない。まだ生きている人間がいたら、その連中はわたしたちがやって来るのを見たはず」アナは話を遮って、ザカリアッセンを壁の陰に引っ張っていった。壁には今の発砲であいた穴があった。

「再装填して」

「こんなに寒くちゃ……」やせ細った指が震えながら、胸ポケットから残りの銃弾を取り出し弾倉に詰めようとする。弾丸が一つ、雪の上に落ちた。アナは下を向くと、その銃弾を雪ごと手ですくった。アナは風に向かって立ち、ザカリアッセンがその雪を吹き飛ばすあいだ、風除けになった。ザカリアッセンは再装填を終えると弾倉を挿した。

雪の勢いが激しく、近くに並ぶキャビンのうち最初の一棟しか見えなかった。指と爪先（つまさき）が重く、痺れている。基地の残りの箇所を今と同じペースで調べていたら、敵に殺される前に凍え死んでしまうだろう。

軍隊でこんな状況に直面したら、援軍が来るまで持ちこたえられる場所を確保する、という戦略を採ったろう。だが今幸いにして応援が来るとしても、それは緊急救助チームと医療班だろう。兵士ではないのだ。敵は、大陸に帰還するときに必要なパイロット以外、皆殺しにするだろう。

突風がサバイバルスーツのフードいっぱいに雪を吹き入れた。

「こ……凍えそうだ」ザカリアッセンの歯がカタカタと鳴っている。話しながら、目にパニックの色を浮かべていた。アナの恐怖感も相撲取り並みの力で胸を押し潰そうとしている。これ以上嵐の中にいることはできない。

「一気に見ましょ、ここに並んでるキャビンを！」アナは空元気を出して大声で言った。「わたしがドアを開けるから、掩護して」ザカリアッセンが抗議の声を上げる前に、アナは角を曲がった。一番近くのドアを勢いよく開けた。ソファが二つ、そして巨大なテレビがあるのを見定めると、次のキャビンに走った。二つのテーブルに、飯の入った茶碗いくつかが放置されていた。食堂だ。

一番奥の棟に達し、思い切りドアを開けた。埃が焦げたような、乾いた匂いがする。電子機器。

棚に無線送信機が数台重ねられている。ナイフを振り上げたままゆっくりと歩み入る。ラジオキャビネットの影が顔に掛かった。棚の端から何かの形が現れた。人だ。オレンジ色の服を着ている。

思わず後退る。目の中で光がちかちかと明滅した。見えないはずのものが見える。その人物は、焼け焦げた黒い壁を背にして、アミーバのように分身して、オレンジ色のジャンピングスーツを着た五人になった。その中にヤンがいた。

「何よ、こんなときに！」

頭を振りながら叫び、大きく息を吸う。ある精神分析医によると、こういうことが起こり得るということだった。心的外傷後ストレス障碍は音や匂い、あるいは興奮によって引き起こされる。アナの精神がフラッシュバックで充満し、外の世界から情報を取り入れられなくなったのだ。記憶が現実そのものよりリアルに感じられる。精神分析医はそれを〈超記憶〉と呼んだ。時がゆっくりと過ぎていく。ヤンがどんどん近くに迫って来る。風に乱れた髪が見える。ヤンの背後にある壁に門が開いた。黒い服を着た巨人、小山のような体格の男が入って来た。手で何かを摑んでいる。地獄の火だ。

アナは痛いほど力をこめ無理やりまぶたを閉じた。空気を吸い込み肺の奥深くに送り、身体中に循環させる。まるで新しい麻薬を堪能しその素晴らしさを評価しているようだった。アナは再び目を開いた。ブルーのムーンブーツが水溜りに立っている。目の明滅が消え、正常な視界が戻っていた。

一歩後ろに退がった。何かが背中を突いた。さっと振り向くと、それはキャビンを支えている柱の一本だった。振り返って室内を見ると、オレンジ色の影はまだそこにいた。

「こっちにはナイフがあるのよ!」アナは叫んだ。が、その影は動かなかった。

アナはナイフを握った手を前に伸ばし、前に進んだ。目の端に斧があるのが見えた。

無線機の載った棚の後ろで床に転がっている。オレンジ色の影は前のめりになって座り、大型のコンピュータ・ディスプレイを前に頭をテーブルに置いていた。画面ではオーロラのカラフルな画像が躍っている。

ナイフの柄を手が痛くなるほど強く握り締めたまま、アナはゆっくりと前進した。

男だった。

男の隣にあるスタンドに黒いスキーヘルメットのようなものが掛かっている。アナの位置からは、ヘルメットが身体から切り離された頭のように見えた。

動かないその男はオレンジ色のダウンジャケットを着ていた。背中にはタワーから吊り下げられたのと同じ龍の絵が描かれていて、その周りに漢字がくっきりと刺繍されている。白髪交じりの黒髪は、炭鉱の汚れた雪のようだった。

アナは男のそばに寄った。男の頭はキーボードの上に置かれていた。目は眠っているかのように閉じられている。顎先を小さな鬚が覆っていた。アナは片方の手袋を外し、人差し指を男の喉に当てた。皮膚は冷たくじっとりとしていた。

死んだ男の座っている椅子の下に、点々と血の痕がある。血痕は中央が赤く周辺は茶色か、黒に近い色だった。この中国人は、死後数時間というところだろう。ジャケットには弾痕がない。振り返って見る。床に転がっている斧が何に使われたのかが分かった。無線機の裏側に深い割れ目がある。曲がった金属の内側を見ると、切断されたケーブルがちぎれた腸のように、叩き壊されたサーキットボードからぶら下がっている。男を殺した犯人は、外の世界との連絡手段を悉く破壊したのだ。

殺人者は、壁を背にして置かれている二つのガラスキャビネットには手を出していなかった。中には黒い箱がたくさん入っている。箱の前部で青いライトが点滅していた。室内にいれば、ファンの回る低い振動音が聞こえる。キャビネットの一つにあるからの棚からは、黒と灰ツートンのケーブルが下がっていた。

アナは男の眠りを妨げないように、そのキャビンを出た。

# 18

アナが出てきたとき、ザカリアッセンは隣接するキャビンの裏道で膝をついていた。モーゼルを膝に構え、銃口を庭の雪に埋まっている三人の方に向けている。まるで死んだ男たちが生き返って襲ってくるのを怖れているかのようだった。

「中でもう一人死んでた」風に負けぬ大声でアナは言った。ザカリアッセンはぎこちなく頷いた。細かい話は聞きたくないという様子がありありと現れていた。

未調査のキャビンはあと五つ。アナは深呼吸をしたあと、また走り始めた。一つのキャビンに入るたびに、緊張が高まるのを感じた。ドアを開けることが、ロシアンルーレットで引鉄をひくような感じだ。遅かれ早かれ、装塡された一発に出会す。

最初のキャビンは医務室で、薬品、包帯が保管され、洗濯機が装備してあった。その次のキャビンには、八つのベッドがあった。いずれのベッドも無人で、きちんと整えられている。三番目のキャビンには大きな会議用テーブルがあって、その上に氷の衛星画像がいくつか吊り下がっていた。さらにベッドがひとつ、海上に突き出した山の絵を描いた衝立の陰に置いてある。

死人はいなかった。生きている者もいなかった。

あと二棟。遠いほうのキャビンは、幅広のドア二枚を具えたガレージだった。ドアの一枚が開いていて、ポンプを載せた燃料缶が見える。ザカリアッセンに合図を送って、先にそのキャビンから調べると伝えた。近いほうのキャビンを屈み腰で走り過ぎ、ガレージの開いたドアを抜ける。閉まっているドアの陰に、緑色の小型トラクターが隠れていた。燃料缶のポンプから漂うディーゼルの匂いが鼻をついた。最後に燃料補給してから、そう長い時間は経っていない。歩くとキシキシと音がした。床を木の板が覆っているのだ。

「来て、ここには誰もいないわ」アナは手招きしながら言った。ザカリアッセンは閉じたドアに隠れる恰好で、外壁に寄り掛かっていた。ザカリアッセンは入って来るなり立ち止まった。「ここに車が停まっていた」指差す先に、小さなオイル漏れの跡があり、そこに木の床に沁みついたタイヤ痕が残っていた。だがガレージの外はすでに雪が覆ってしまい、それ以上の痕跡を追うことはできなかった。アナはガレージ床に残ったタイヤ痕を見た。車であれトラクターであれ、氷上を走れるのは、亀裂や氷丘脈に邪魔されないうちだけだ。だとすれば殺人者にできるのは、ただ氷上に車を停め、終わりのない暗闇に隠れていることだけだろう。嵐を生き延びるひとつの手ではある。

「どこにも行けんだろう？」ザカリアッセンが訊いた。

アナはドアの外に頭を突き出し、ガレージの角越しに遠くを見渡した。サブヴァバーが見えないかと思ったのだが、闇から吹きつけて来る雪が、顔いっぱいに当たっただけだった。アナは頭を引っ込め、顔を拭った。

「こんなひどい天気じゃ、十メートル先にゴジラが立ってても、気付きゃしないわ」

ザカリアッセンは床についたオイルの汚れをじっと見下ろしていた。

「どう思う？　犯人は……逃げたと？」ザカリアッセンは期待をこめた口調で言った。

「犯人たち、かも。あれだけの人数を殺すのは重労働だもの」

「最後のキャビンも見ておかなくちゃ」アナは言った。二人してそのキャビンに目をやった。最後の棟。ロシアンルーレットの最後の弾だ。まだ犯人がいるとしたらあそこしかない。

「ここにじっとしてちゃ――まずいのか？」声が震えていた。「ドアを閉めておきゃ、あったかいし」ザカリアッセンは工具の乗った作業テーブルの下にあるオイルヒーターを指差した。開いたドアの外側では、最後のキャビンの赤い塗装が明るいフラッドライトに照らされてぼんやりと輝いている。窓は暗かった。明かりが消えている。自分の姿を見られずに相手を見ようとするなら、自分もまったく同じ手を使ったろう。

「ダメよ。最後のキャビンも調べなきゃ」

「頼むよ、もうこれ以上は耐えられん」ザカリアッセンが泣きだした。「怖いんだ」あまりに大きな泣き声に、アナは一瞬、腰が抜けそうになった。気を取り直し、老人の身体に両腕を回して抱き寄せた。

「いいのよ、ダニエル。わたしだって怖い」アナは相手の目を見ながら言った。「でも怖いのは悪いことじゃない。恐怖を感じないのはバカな人間。恐怖心があるからこそ、頭が冴えるのよ」本当のことだった。恐怖心を押し殺し、疑心暗鬼に陥らぬようにすることで、兵士アナ・アウネは二つの大陸で三つの内戦を生き延びたのだ。


どうにかこうにかザカリアッセンを宥め、二人して再び、吹雪の中に出た。

壁際を歩いて風を避け、キャビンの正面へと向かう。

「ここで待ってて」アナは腰を屈め膝立ちして角を曲がった。

ドアの前に灰色の汚れがあるのが見えた。一部が雪に隠れている。窓の真下に這い寄り、腕を上に伸ばして、ナイフの柄で強くガラスを叩き、すぐにさっと立ち上がった。蒼白い顔が見えた。目の代わりに黒い穴がある。ガラスに映った自分の顔だった。神に見捨てられた土地にいる惨めな人間の顔だ。暗闇で動くものは何もなかった。

「来て！」アナは叫んだ。ザカリアッセンが忍び足で角を曲がり合流した。「わたしが入ったらドアを押さえてちょうだい。わたしが撃たれたら撃ち返して。でも、わたしを撃たないようにしてよ」ザカリアッセンはモーゼルを両手で強く握り締めながら頷いた。

アナはドアのそばで立ち上がり、ザカリアッセンがドアノブを摑むまで待った。ザカリアッセンが一つ頷き、ドアを押し開けた。

片手にナイフ、もう片手にマグライトを持ったまま、低くしゃがみこんだ姿勢で暗闇に突っ込む。部屋に入るなり、甘い匂いが鼻をついた。切りたての肉みたいな匂いだった。

# 19

まずドアの陰と部屋の奥に、誰もいないことを確認したあと、マグライトの光を前後に振った。乱れたベッドがあった。二つのベッドに二人の人間がいた。

「こっちにはナイフがある！」アナはあらんかぎりの大声で叫んだ。「そのまま横になってて！」

返答はなかった。

ベッドの人間たちにナイフの切っ尖を向け、攻撃態勢を取る。部屋の闇が、動かぬ人影から滲み出ているようだった。

マグライトの光が近いほうのベッドにいる人間の頭部を照らし出した。床に大きなシミがある。凝固した血の甘い匂いがした。

もう一人は大きく目を開いて天井を見つめていた。アナはその男に近付いた。長髪の若者だった。紺色の寝袋に入って身を横たえている。男の黒髪に白い羽毛がくっついていた。寝袋に二つの小さな穴があいている。ちょうど胸のところだ。

「何をしてるんだ？」

ザカリアッセンが入口に立っていた。外から射すフラッドライトの光で、吹雪を背景にした影絵のように見えた。その影が開いたドアを通り抜け、黒いカーテンのように死んだ若者に被さっている。

「また二人。両方とも撃たれてる」

「ああ、なんてことだ……」苦痛に満ち途方にくれた声だった。「いつまで続くんだ？」

アナはナイフをケースに戻した。「もう終わりよ。基地中を見て回った。生存者はいないわ」

ザカリアッセンが振り向き、ガレージの方を見た。風向きが変わり、開いたドアからガレージの中に吹き込んでいる。

「犯人たちは逃げたにちがいない」ザカリアッセンが言った。

「でもどこへ？　基地の外には隠れるところなんてない」

「北極は千二百万平方キロある」教授が言った。「姿を消すことはむずかしくない」

「ええ、これをやったやつは、どっかに姿を消した、そう願っておきましょ」

アナは二人の死んだ男たちを見た。死人の総数を把握しようと、記憶を手繰ってみる。本館には、五人か六人の凍った男がいた。外にある射殺体が三つ。無線機のあるキャビンで死んでいたオレンジのジャケットを着た男。そしてここにいる気の毒な二人。ベッドに横になったまま殺されている。おそらくは眠っている間に殺されたのだ。少なくとも、十一人が死んでいる。

「それにしても分からん。無害な科学者を殺そうなんて、そんなやついるのか?」

「無害な男が女を殺すことだってある。理由なんて分からない。可能性はいっぱいあるわ。口論、嫉妬、金銭問題と」

「ああ、だが一人なら分かる。しかしこいつは……狂気としか……」

「そのとおりね」アナはドアに向かいながら言った。「これは尋常な人間のやることじゃない。でも……極夜と孤立の厳しさは、強靭な男の精神すら蝕んできた。これが初めてってことはないでしょうよ」

ザカリアッセンはライフルの銃床を思い切りブーツの爪先に叩き付けた。アナは銃が暴発するのではないかと怖ろしかった。

一瞬だが、アナはこの老人がいきなり凶暴になって、おかしなことをし始めるのではないかという不安を覚えた。ザカリアッセン教授は探検の準備に五年を費やした。すべてが詳細にわたって検討ずみだった。サブヴァバーのパーツも、新たに一台ホバークラフトが建造できるほど、たくさん北極まで持って来ていた。装備も出発前に、チェック、ダブルチェック、トリプルチェックと、慎重な上にも慎重に検査を繰り返した。だが、ひとつだけ、どうしても持って来れないものがあった。成功者とそうでないものとを分ける、特別な要素がそれだった。

運だ。

ポケットいっぱいのノーベル賞メダルを持っている天才科学者でも、世界規模の大量虐殺が次に北極で起こるとは予想できないだろう。

「これからどうする？」ザカリアッセンが訊ねた。

雪が天井の下を舞い、ザカリアッセンの頭に吹き掛かり、ぼさぼさの髪の毛が、冬を迎えた森の若い白樺のように潮垂れている。ザカリアッセンは死人のいる部屋に入りたがらなかった。二人の死者から目を背けている。

「ここでできることはもう何もない。サブヴァバーに戻って、侵入者対策として機体の周りにトリップフレアを仕掛けるだけだわ。それが終わったら、無線アンテナを修理してちょうだい。太陽嵐であれなんであれ、無線の邪魔をしている現象は、いつかはやむわけだから。あとはヒーターを入れて、救助が来るまで持ちこたえればいい」

突然、ザカリアッセンが笑みを浮かべた。結局のところ、すべては丸く収まるという、子どもじみた希望だった。「ああ、そいつはいい考えだな、アナ。気に入った」ザカリアッセンがサブヴァバーに戻る気満々でモーゼルを背負ったとき、アナの耳にその音が聞こえた。

言葉だ。

アナは振り返った。死人が起き上がり、ベッドから出ようとしていた。

# 20

死人がザカリアッセンの影から這い出た。キャビンに流れ込むフラッドライトの光に顔が浮かび上がる。男は光から目を守るように手を上げ、中国語で何か言った。理解はできなかった。そのあとまたベッドに崩れ落ちた。アナは男に歩み寄った。一瞬アナは、この死んでいない人間を女だと見誤りそうになった。顔が蒼白く、睫毛が驚くほど長い。長い黒髪が広く平らな額に掛かっている。鼻梁が細く、ぽっちゃりとした唇も形がいい。

「わたしの声が聞こえる?」アナが訊ねた。

男が身体をもぞもぞさせた。寝袋が半分脱げた。腹に赤いフリースが掛かっていてTシャツのようなものが胸部を包んでいる。が、生地が血を吸い込んでいるせいで正確には分からない。

「何があったんだ?」男の声だった。驚くほどの低音だ。英語の発音は明確で歯切れがよかった。

「撃たれてるわ。誰がやったか憶えてる？」

「いや……」細い腕を身体の下に差し込み、また起き上がろうとする。

「動いちゃダメ。傷を見るからじっとしてて」アナは男の胸に手を置き優しく押し戻した。男が身体を横たえた。黒っぽい血がアナの指についた。

「生きてるのか……撃たれてるのか、そいつも？」

ザカリアッセンは相変わらず戸口に立っていた。フラッドライトを浴びてぼさぼさの髪に後光が射し、その姿がキリストの立像のように見えた。

「ええ。中に入ってドアを閉めて」

ザカリアッセンは動かなかった。「殺人者が戻ってきたらどうする？」

「その場合、わたしならドアのところから離れるわね。そこに立ってたら撃ってくれと言わんばかりよ」ザカリアッセンがおどおどと一歩中に入った。

「冗談はさておき、包帯が必要なの。医務室まで行って来てくれる？　ここに来る途中にあったでしょ」アナは中国人青年の方に身を乗り出し、頸動脈（けいどうみゃく）の上に指を二本載せた。

「そんなことできっこない。すぐにここから出て行かなくては」ザカリアッセンの声が、恐怖で割れている。「犯人が戻る前に、ここから出て行けないか、アナ？」戦闘の最中に怒りを抑えるのはアナらしくない。アナが顔を向けると、ザカリアッセンが後退った。目つきがよほど怖かったのだろう。

「ダニエル、この男をなんとか生かしておこうとしてるのは、なんでだと思う？」アナはノルウェー語で言い返した。「大量殺人の背後に誰がいるか、それを知る手掛かりを持っている人間がいるとしたら、おそらく弱り切ったこの青年をおいていないの！　だというのに今、この人は失血とショックで死にそうなのよ」

アナは、相手に背を向けたまま話を続けながら、改めて傷の具合を詳しく調べ始めた。「いい、わたしの言うとおりにして。外に出たら裏に回ってあのキャビンまで全速力で走るの。一番大きな止血用ガーゼパッドを四枚と包帯をたくさん。最低でも四ロールは要る。モルヒネがあったら最高だけど」室内が静まり返った。ザカリアッセンの鼻息が聞こえる。足音。ドアがバタンと閉まる。ザカリアッセンが命令に従っている。

中国青年は大きく目を見開いて驚いたようにアナを見つめた。

「あなたは誰？」青年が訊ねた。

「わたしはアナ・アウネ。わたしたちはノルウェーのフラムX調査隊の人間。わたしたちの基地は南に八キロ行ったところにある。照明弾を見て救助に来たの」

青年が相変わらず見つめている。こちらの言っていることが分かっているのかも、いまだにショック状態にあるのかも、見当がつかない。アナはゆっくりとした口調ではっきりと喋った。「教えてくれない？……ここで何が起こったか？」

青年が素速く二回瞬きした。反応はそれだけだった。

「照明弾を撃ち上げたのはあなたなの？」

「いや、ぼくはここでずっと横になっていた」青年は咳き込み、ベッドの上で身悶えした。アナはその肩に手を置いた。

「じっとしてなくちゃダメ。治療に使えるものを見つけてくるから」安心させようと、霜焼けした唇で微笑みに似たものを作ってみる。「何か憶えていることはない……自分に何が起こったか？」

「ない……ぼくは眠っていた……で、物音で目を覚ました……戸口に誰か立っていて、そのときバンと音が。次に目を覚ましたときには、胸が焼けるように痛かった。触ると手に血が。死ぬんじゃないかと思って、助けてくれと何度も叫んだ……でも……誰も来なかった」青年は頭をねじり隣のベッドに横たわっている男の方を向いたあと、闇に包まれた天井を見つめた。

「それからヴァンが死んでるのが分かった……」青年が声を上げて泣き始めた。柔らかな頬に涙が伝った。

「怖がらなくていいわ――もう大丈夫だから。わたしたちがここにいる。あなたはもう安心していい」アナは嘘をつき、再び強張った笑みを浮かべた。「でも、憶えていることを全部話してくれたら助かる」

　中国人青年がかすかに頷いた。

「戸口に立っていた男、誰だか分かったの？」青年は忙しく目を瞬かせた。目尻に涙が溜まった。「いや、暗かったし眠ってたから。それに、あまりにも急だったし。ぼくに何か言ったあと、狙いをつけているみたいに腕を上げた。それからバンと……そこでぼくは気絶したんだと思う。気がついたときには誰もいなかった。グァンだけだ。憶えているのはそれだけだ」青年はまた泣き始めた。

「いいの、気にしないで。リラックスしてちょうだい。あとでまた考えましょ。わたしたちはあなたを助けに来たんだから」

　アナは青年の身体を片腕で抱くようにして、少しだけ持ち上げた。空いたほうの手で、ベッドの、青年の背中が載っていた部分を触る。武器を隠しているとしたら、すぐ近くのはずだ。

「名前は？」

「シェン・リー……ジャッキー」

「オーケイ、ジャッキー、じっとしててね。相棒が医療キットを持ってもうすぐ来るから。傷の治療をしてあげる。救援もこっちへ向かってる。大丈夫よ」看護師であることと兵士であること、このふたつはそう違わない。目的があらゆる嘘を正当化する。

すべての希望が失われたときでさえ、それが高い士気を保つかぎりは、そんな嘘も許されるのだ。

呼吸のたびにひどく喘ぐ。ジャッキーが隣のベッドに横たわる死体に目をやった。

「ほかの連中は？……どうなった？……」

アナは表情に出さないようにしたが、目がその努力を裏切った。ジャッキーが心底怯(おび)えた目で見返してきた。

## 21

ザカリアッセンが、救急キットを持って、ようやく戻って来た。薬品にラベルが貼ってあるが読むことができない。だが、ジャッキーの衰弱が早い。モルヒネのように見える注射器がある。アナは一か八か、それが実際にモルヒネであることに賭けた。教授が手助けして、動かぬようにジャッキーをベッドに押さえつける。アナは青年の腕に針を刺した。ほどなく、ジャッキーの筋肉から力が抜けた。

モルヒネによる眠りが訪れると、アナはザカリアッセンに、ジャッキーの身体を起こすように言った。銃創からの出血でマットレスが濡れている。だが、マットレスにそれ以外の異状はない。身体を貫通した銃弾が残した穴もない。撃たれたとき、ジャッキーは別の場所にいたのだ。そう言えば、戸口の雪にシミがあった。あれは血痕だったのかもしれない。

「誰が撃ったか、言ったのか?」ザカリアッセンが訊いた。

「いえ、暗くて何も見えなかったって」アナはマグライトをぐるりと回しあたりを照らした。光がベッド、壁、寝袋と滑るように移動して行く。気まぐれに一瞬だけ見える色。暗闇がそれ自身、意志を持っているように感じられた。光が去るやいなや、物体が動いていくような感じがある。ベッドが自分を取り囲みそうになり、寝袋が自ら延びて、頭を、身体を呑み込んで窒息させようとする。アナは跳ねるように立ち上がると、大きく息を吸った。ベッドが退いていった。寝袋は元の位置にあった。幻覚が消えた。

「外には誰もいなかった。犯人は逃げたにちがいない。犯人にとって理にかなった方法があるとすれば、それはただ一つ、ガレージの車を使うことだよ」ザカリアッセンが気を取り直したように宣言した。「もう安心だ」

「ごめん、反対したくはないんだけど、この天気でどこまで行けると思うの？　あなたが正しいとして、今現在、殺人犯は暖かい車の中にいる。このあたりの地形なら、わたし同様、あなただって知ってるでしょ、ダニエル、氷丘脈はタンクでだって越えられない。そういう状況で、燃料だって尽きちゃう。敵は戻って来る――そう考えなくちゃいけないわ」

ザカリアッセンがポケットライトをジャッキーに向けた。まだ眠っている。

「だとすると分からないのは、そもそも、なんで犯人は出て行ったのかということだな」

「わたしたちが来るのを見たから。サブヴァバーの光は、数キロ先からでも見える。犯人はわたしたち二人だけだとは知らなかった。でも、今は知ってる」

ザカリアッセンは怒った表情でアナを見た。相手のいいなりになるのが嫌なのだ。勝ち誇ったように、震える指をさっと突き出した。

「じゃなにか、あの中国人たちが、仲間の一人に殺された、ってきみは仮定してるんだな。背後にロシア人がいるとしたらどうだ？　奴らなら自前の輸送手段で来ただろうし。ロシアの泥棒どもは北極を我がものとするためにはなんだってやる。連中は手段を選ばないんだ……。きみだってニュースを見たろ？　イギリスで白昼堂々、神経ガスで元スパイを殺そうとしたんだぞ。考えられんだろう？」

「ええ、プーチンは裏切り者を決して許さない。でも、それじゃ理屈に合わない」アナはもはや苛立ちを隠せなかった。「もしロシア人があの建物での事故を仕組んだのだとしたら、なぜ外の三人を射殺してせっかくの偽装工作を台無しにしたの？」

ザカリアッセンが見下したようにニヤリと笑った。「そりゃ、何かうまくいかないことがあったのさ。で、ロシア人はパニクって残りの中国人を殺し、ここを出て行ったんだよ！」

アナは諦めた。すべての武器弾薬がなくなっていることを言おうとも思ったが、これ以上トラブルの種を蒔いても仕方がない。「いいわ、誰がやったにせよ、そいつが完全に姿を消したことを願いましょ」

口論しようという意志が萎えてくると、アナたちはただそこに立ち尽くした――耳をそばだてながら。

外では風が、猛り狂ったコヨーテの群のように咆哮を上げていた。キャビンの壁が風圧で震えている。この殺人的な嵐の中では、少しばかりこちらに運があれば、敵が十挺の銃と山ほどの弾薬を持っていたところで役には立たない、ということも考えられる。だが、第六感らしきものが伝えて来る――今回の件に関しては、北極にも言い分があるだろう。氷の王国は、自らの領地を荒らしその存亡を危うくする人間社会に対して、復讐を遂げずにはいないはずだ。

# 22

アナはジャッキーが深い眠りに落ちるのを待ったうえで、血の沁みたTシャツを切り、胸から剝がし取った。肩に沿って黒っぽい血がゼリー状に固まっている。医療キットの中にあった消毒剤のボトルを手に取り中身を綿棒に吹き付けると、血の塊を除去した。

弾は鎖骨の下に入り、腋窩の真下から抜けていた。まさに幸運だったと言っていい。もう数センチ上だったら、銃弾が鎖骨を直撃、粉砕したのち、内部方向に進路を変えて心臓に到達した可能性もある。

アナは二枚の大きなガーゼパッドを銃創に置き、それをザカリアッセンが押さえているあいだに、包帯をなるだけきつくジャッキーの胸に巻き付けた。が、すぐに包帯に血が沁み出してくる。

「出血がひどい。ショック症状になる前に、点滴をしなきゃ。これを持ってて」アナは医療キットから点滴パックを取り出し、外装を開封して血漿のバッグをザカリアッセンに渡すと、急いでバッグに付属した針をジャッキーの前腕部静脈に刺した。透明な液体が血管に注入されていく。

「きみを兵士として得たとき、世界はその代わりに優秀な看護師を一人失ったってわけだ」

アナはザカリアッセンから輸液バッグを受け取ると、ベッド奥の戸棚に掛けられたハンガーに吊るした。

「どうかしらね、わたしは医者が大嫌いだから」

「なんとか持ちこたえそうか？」

「そう願うわ。でも細菌感染しないうちに、わたしよりもっと経験のある人が銃創を診る必要がある」

マグライトを手にすると、アナは残りのベッドのあいだを歩いた。シーツが至るところにある。このキャビンで暮らしていた連中は残りの基地隊員が殺されているあいだ、寝ていたにちがいない。本館の中で死んでいった者たちの叫び声によって、目が覚めなかったのだろうか？　外で雪の中に横たわっている三人は、大慌てで服を着て表に飛び出して射殺されただ。それなのにジャッキーとグァンはベッドに入ったままだった。なぜなんだろう？　アナはグァンの耳に光を当てた。光はオレンジ色の耳栓を照らし出した。しっかり中に詰め込まれている。安らかに眠れ（レスト・イン・ピース）、ということか。

ようやく、壁際のベッドで探していた弾痕を見つけた。ジャッキーの身体を貫通した弾があけた穴だ。クローゼットの正面に吊るされたカーテンが捲ってあった。床には黄色いネイルガンが、一部分解された状態で置いてある。

衣服がハンガーから外され、クローゼットの底に山積みされている。その山の一番上に、防寒ズボンとジャケット一着が載っている。赤銀のツートンカラー、アイス・ドラゴンのユニフォームだ。クローゼットの内側に血痕がある。おそらくジャッキーが自分で包帯を巻こうとした時に出来たものだろう。クローゼットには、ほかに雑誌、書籍、洗面用具入れ、小さな木箱、小型デジタルカメラ、それにアイフォン等、雑多なものが山ほど入っていた。アイフォンを起動させてみようとしたが、どうやらバッテリーが切れているようだった。

頭の上でパリパリと通電する音が聞こえた。天井の蛍光灯がついて、クローゼット内のものが暗い影に呑み込まれた。ザカリアッセンがドアのそばにあるスウィッチを見つけたのだ。後ろを見ると、自分の雪塗れのブーツが、血痕の筋を横切る形で小さな水溜りを作っている。弾痕のあったベッドから滴った血の痕がクローゼットまで続き、ドアの方に向かって延びている。ジャッキーは部屋を出たのだろうか？

「外に血の痕はない？」

ザカリアッセンがドアを開けた。雪の白い壁が立ちはだかった。嵐はさらに猛り狂っている。

「いや。あったにせよ、とうに雪の下だろうよ。今は何も見えん」

ザカリアッセンが再びドアを閉めた。嵐の咆哮が少し弱まった。ザカリアッセンは肩にライフルを掛け、ドアの横の窓に吊ってあるカーテンの隙間から外を見た。

明かりをつけた室内は、まったく違って見えた。両手に長い線香を挿した金色の小さな仏像は別として、カラフルな寝袋が乱雑に広げられた様子は、ノルウェー山岳地帯にあるハイカー用コテージを彷彿させる。

しかし、死体に視線を移した途端に、室内の光景が再び様相を変えた。十代の頃に見てうなされた『十三日の金曜日』。映画に登場した殺伐たる雰囲気のキャビン。そこにアナは戻されていた。外では、ホッケーマスクで顔を隠したジェイソンが、極夜の闇に潜み待ち構えているのだろうか？

別のベッドから寝袋をひとつ摑み上げると、グァンの死体の上に投げ掛け、生気を失った顔を覆った。これで基地全体の探索をおえたことになる。ジャッキーを除いて、全員が死んでいた。ジャッキーは、男を〈一人〉見た、と言ったんだっけ？　自分たちが基地に着く前に出発したはずの車には、いったい何人が乗っていたのだろう？　そもそも、アイス・ドラゴンの隊員は何人なのだ？

ある考えが浮かんだ。ジャッキーのクローゼットまで戻り、重なった衣服の一番上からしわくちゃのシャツを取り上げる。血のシミがついている。シャツを振って伸ばすと、襟元にあるラベルが見えた。印刷されているのは漢字だったが、そのラベルがなんであるかは分かる。洗濯票(ランドリー・タグ)だ。

# 23

外から見られないようにキャビンの照明を消したあと、半分開けたドアを両手でしっかりと摑んだ。さもないと風に持っていかれる。アナはがらんとした庭を見渡した。ザカリアッセンは何も見なかったと言ったが、誰かが隠れていないともかぎらない。アナは長いこと、じっと立っていた。特定のものに注目するでもなく、なんらかの動きや変化を捉えようと、ただ吹雪に注意深い視線を送っていた。どんなものでもいい、何かないか？

広い視野を確保したいから、スキーマスクは下げたままだった。だがすぐにそれを後悔する羽目になった。氷のように冷たい風が顔面を麻痺させる。顔を背けると頰に突き刺さる。それでもアナはスキーゴーグル越しに目を大きく開き、観察することに集中した。何事にも注意を払わず、ただ観察する。何年も前にフランスの退役軍人が教えてくれたとおりにする。そのときも、建物に取り囲まれていた。だがそのときは、建物に人がいた。男と女、そして子ども。家は生命で溢れていた。

「潜在意識を働かせるんだ」

モガディシュ中央部にある建物の屋上で、その男は街に背を向けながら立っていた。フェルディナン・ベルジェは、ホテルのセキュリティ・コンサルタントとして働いていた。そのホテルは、周囲を小さな小屋でぐるりと取り囲まれていた。屋上から見ると、野生キノコのコロニーのようだった。「見えるはずだと思い込んでものを見るな。なぜなら、それまでに何べんも見たことがあるものは、あるのが当然と考えるからだ。実際に目の前にあるものだけありのままに見るようにするんだ」それは同じ屋上で監視について九日目のことで、もうこの任務に飽き飽きしていた。

モガディシュは神に見捨てられた土地だ。最後の法と秩序の体現者、サリンル将軍はこのときすでに殺害されていた。街を包囲したイスラム義勇軍によって、イタリア系教会墓地が破壊されるのを防ごうとして殺されたのだ。そのホテルは国連代表団が本部として使用していた。代表団が無事ソマリアを脱出するまで、ホテルが攻撃されたり爆破されたりすることのないように警戒するのが与えられた任務だった。監視任務で唯一楽しみだったのは、毎日届けられる焼きたてのパンだった。空港近くにあるノルウェー基地のコックたちが焼いたものだ。配給食糧で凌ぐのが普通の兵士にとっては、この上ない贅沢だった。

フェルディナンは、モスクの後ろにある小さな小屋に注意するよう促した。義勇軍はその掘っ立て小屋を夜陰に紛れて建て、あたかもずっとそこにあったかのように見せかけていた。アナのパトロール隊はその隠れ家を急襲し、オートマティックの火器——ロシア製迫撃砲と無反動ライフル——で武装した五人のティーンエージャーを殺害した。少年たちはアンフェタミンでハイになっていて、降伏することを拒否したのだった。二日後、他の国連軍兵士や民間人とともに荷物をまとめると、アメリカ海兵隊員に守られつつ装甲車両で空港に行き、それきりソマリアを混沌と死に委ねた。

本館周囲の庭はモガディシュの教会墓地を彷彿させた。嵐と雪溜まりが何も隠していないことを確かめるために、アナは当時と同じテクニックを使った。三つの死体は前とまったく同じ場所にある。そして今の雪は反対方向から吹き付けている。北極が自らの死者を埋葬している最中だった。死体に積もった雪と同じ雪が吹き飛ばされて、建物の角に流れてゆき、開け放したドアを抜けていく。そこには相変わらず四つん這いになっている凍った男がいた。

なんの動きもなかった。だがアナには今なお、危険は過ぎ去っていないという、はっきりとした感覚があった。結局のところ、自分の目で見たものに基づいて結論を出すしかないのだ。

「異状なし」アナはザカリアッセンに向かって大声で伝えると、キャビンから駆け出た。アナが戸口で外を見張っているあいだ、ザカリアッセンはジャッキーをベッドにきつく縛り付けていた。

背中に強風を受けながら、アナは素速く移動したが、速すぎて目的の医務室に到達したとき、止まり損ねそうになった。ノブを摑んで、ドアを押し開ける。ザカリアッセンが脇を通り抜けて先に入った。吹雪のせいでほとんど何も見えない。唯一の慰めは、犯人にも見えないのだから、どこかに隠れているにせよ、自分たちには気付かないだろうということだ。

希望的観測だ。

アナが入ると、ドアがバタンと閉まった。その勢いでそばの棚から瓶が二本落ちた。かすかにテレピン油の匂いがした。

ドア横のフックに掛かった青いエプロンの陰にスウィッチがあった。アナはキャビンの明かりを消した。窓から差し込んでくる明かりだけで、なんとかなりそうだった。これで、外のキャビンから見ている者がいるとしても、とりあえず見えにくくはなったわけだ。薬品と鍼の道具が所狭しと並んだ金属製の棚が、マグライトの光に照らされて光った。アナは光の照らす先を目で追った。屋根裏の横桁からカンバス地の間仕切りが吊り下げられている。光がそれを通り過ぎる。その間仕切りの奥に、ずばり、生命の危険を冒してまで求めたものがあった。

洗濯機と乾燥機の上に、プラスティックのボードが下がっている。ボードの上端には漢字が手書きされていて、その下に、様々な色の冷蔵庫用マグネットがくっついている。このやり方には見憶えがあった。オスロで借りた最初のアパート――その地下にあった共同ランドリーと同じ方式だ。

「何を探しているんだ?」ザカリアッセンが訊いてきた。

それぞれのマグネットに何か書かれている。おそらく隊員個人の名前だろう。ボードは七列に分けられている。

「わたしが考えているのは……これは日常的に使う洗濯リストみたいなものじゃないかってこと。科学者にだって、清潔な下着は必要でしょ?」アナはマグネットの一つをつついた。「洗濯日時予約用に、各人がそれぞれ自分のマグネットを持っているってわけ」

「ふうむ。いいアイディアだな」ザカリアッセンの唇が動いた。マグネットの数を数えている。

「十四……十四人か……これまでに何人見つけた?」

心の中でこれまでの行動を反芻してみる。戸口の男、スリッパを履いて凍りついていた男、それにコンピュータのモニタ前にいた男が二人――これで四人。足が取れていた男。これで五人。凍った滝に飲まれていた男。これで六人。庭で射殺されていた三人。これで九人。壊れた無線送信機のあったキャビンにいたオレンジ色のジャケットを着た男。これで十人。ジャッキーがグァンと呼んだ男。そして、ジャッキー本人。

「死体が十一、それとジャッキー。合計十二人だわ」

マグライトの光の中、ザカリアッセンの額にある深い皺が、底なしの谷のようにますます深くなった。「なんてことだ。つまり……あと二人の所在が分からない、ってことか」

アナは終わりのない疲労が身体を蝕みつづけるのを感じた。

「ええ。もうあれこれ思い悩むこともない。一人じゃなくて、二人の殺人犯を探すのよ」

# 24

アナは一台の車が消えたガレージを見ようと、キャビンの窓から外に視線を向けた。二人の人殺しが、十一人を虐殺したあと乗って逃げた車だ。

でもどうして？

もし殺人者が二人なら、パニックになったゆえの偶発的犯行ではない。共同でやったにちがいないのだ。十一人の中国人科学者たちは、それが原因で殺されても仕方ないような、何をやったのだろう？　いや、実際、基地で起こったことのすべてが、一人の狂人の仕業って可能性も捨てきれない。気の狂れた殺人者が、自分の代わりに運転をさせようと人質を取ったとか——怪我のせいで自分では運転できないなんて場合もあり得るだろう。

そもそも、車でどこに向かったのだ？

疑問に次ぐ疑問。窓から離れ部屋の中央に近付いたとき、アナは気が遠くなるような感覚に襲われた。が、いったん暗闇に包まれると、今度は濃霧の中を崖際に向かって歩いて行っているように感じられた。

「ダニエル、ここから陸地まで車で行くって、そもそも可能なことなんだろうか？」

ザカリアッセンは窓の方に目をやった。窓に叩き付ける横殴りの雪がフラッドライトの光を切り刻む。ザカリアッセンの顔が、ナイトクラブのストロボのように明滅する。ザカリアッセンはすぐに窓に近付き、遥かグリーンランドかロシアまで見渡せないかと願っているように、外を窺（うかが）った。

ザカリアッセンの顔がフラッドライトの中に浮かび上がった。細い鼻梁が額に影を落とし、それが頭を二等分している。嵐を凝視する目の上に、濃い眉が突き出している。灌木（かんぼく）の茂みから飛び出した柴のようだ。

「いや、到底不可能だ」やがてザカリアッセンが答えた。「何より、気候変動のせいで氷冠のほとんどが水路によって分断されている。流氷原を越えていく方法はただ一つ、我々がやった方法しかない。ホバークラフトを使うってことだ。だが、ここにあるホバークラフトはサブヴァバー一機だ。それに、カナダであれ、ロシアであれ、グリーンランドであれ、陸地に近付けば近付くほど――連中がそんなことを考えているとしての話だが――氷の状態は悪くなる。海氷は陸地に接すると持ち上がる。巨大な氷丘脈がいたるところに出来てるよ。あれを歩いて乗り越えるなんて、まず不可能だ」

アナは改めてランドリーボードを見た。マグネットの強烈な色彩が闇に際立っている。二人は黙ってそこに残された筆跡を見た。それはもう新しい日を迎えることのない十一人の、平和な日常を物語っていた。「だが……」ザカリアッセンが言った。「どうも腑に落ちんところがある」

「ええ」アナは頷かざるを得なかった。「あの照明弾を撃ち上げたのは誰か？　ジャッキーが撃たれたというのも、本人の証言だけ――話が逆だったら？　ジャッキーがあの犠牲者たち全員を殺したとしたら、どうだろう？　なんとか生き残った誰かが撃ち返し、そのあと逃げたとしたら？　もしその推理が当たっているとしたら、気の毒な二人が今基地の外で凍え死のうとしている、ってことになる」

ザカリアッセンがアナの発言を訂正した。「二人はもう凍え死んでる」

想像の産物にすぎないとはいえ、こうした考えにアナは心が挫けそうになった。ソマリアの内戦に引き戻されたような気分だった。当時と同じように、前線がどこにあるのか分からない。前線の存在なしでは、どれほど熟練した兵士であっても防御策を講じることはできないのだ。

「で……これからどうする？」ザカリアッセンが訊いた。

強烈な突風がキャビンを揺らす。乾燥機の扉がガタガタと鳴った。湿ったウールの匂いがする。すべてを理解しようとしても無駄だ――アナはまず、パズルのピースで一番単純なものから、目を通すことにした。

「最優先事項は通信。無線機を作動させる必要がある」アナは言った。「単独行動は避けるべき。でも、この嵐、忌々しいけど、少なくともこっちにひとつ利点がある。犯人が基地の外にいたら、こっちからと同様、あっちからもほとんど見えないわ」

ザカリアッセンはじっと立ったまま、自分のフラッシュライトが当たる先を見ていた。口が動いて、声にならない言葉を発している。何かを言いたいが、口に出しては言いにくい何かがあるのだろうと、アナは感じた。本人も言うのを諦めた。

「分かった。わたしがサブヴァバーに戻って、無線アンテナに何があったか突き止めるのが一番いいだろう」ザカリアッセンが言った。

「手伝いは要らない？」自信たっぷりという口調では言えなかった。アナの無線機に関する技能は、周波数変更とバッテリー交換に限られている。

「ここに残って中国人青年の面倒をみたほうがいいだろう」

ザカリアッセンはモーゼルを肩に掛けた。降る雪に刻まれ明滅する光が、銃身に青みがかった輝きを与えている。アナはドアに向かった。ドアノブを摑むとその冷たさが伝わった。ドアに押し込まれないようにするために、強烈な風圧と戦わなければならなかった。風はすぐにスキーゴーグルとマスクの隙間から入り込んだ。刺すような冷気が顔中をめぐる。アナは口を閉じ鼻から呼吸した。

外には何も異状はない。庭の真ん中にある三人の遺体は、基地の一部として永遠に存在しつづけるだろう。寒さに三人は硬く凍りついて氷の床と一体化し、やがて雪がそれを埋め尽くすのだ。

「異状なし」

アナは振り返り、キャビンを出るようにと、ザカリアッセンを手招きした。暗闇からライフルの銃身が、続いて、猫背気味の身体が現れた。銃床をしっかりと摑んでいる。庭に一歩踏み出した途端に瘦せた身体が、溢れる川に浮かぶ木片よろしく強風に煽られた。

「レーダーをオンにして」アナは後ろから怒鳴った。「あいつらが戻ってきたら分かるように」すでに殺人犯は〈あいつら〉になっていた。見憶えのある顔をした余所者(よそもの)。街の外れで暮らす厄介な隣人たち、キリスト教的清廉(せいれん)さを旨とする住民が、さっさと立ち退いてほしいと願っているような人々。〈あいつら〉はそういう人々を指すときに使われる言葉でもある。

ザカリアッセンは片腕を挙げて了解の合図をしたあと、すぐに雪と暗闇に姿を消した。

# 25

アナが戻ったとき、ジャッキーはまだ眠っていた。立ったまま様子を見る。軍隊で、アナは他人に対する観察力を常に称賛されていた。緊迫した状況では、こうした能力が生死を分けることがある。今は、この貧弱な男にそもそも、あの十一人全員を殺すだけの能力があるのかを見極める必要があった。

仮面を剥がして素顔を暴くのだ——アナは、蒼白い顔の皮膚に隠されたものを見ようとした。けれどもジャッキーは、どんな秘密も明かそうとはしなかった。アナの視線が、濡れた固形石鹸のようにつるっとした青年の皮膚を滑っていき、血の沁みた包帯のところで止まった。アナの目に見えるのは、やや女性的風貌の中国人、今現在、生死のあいだにある不可知の世界をさまよっている青年だった。

血漿の点滴をダブルチェックして、ちゃんと静脈に流れ込んでいるのを確かめたあと、アナは手を下ろし青年のポケットを探った。中国製のチューイングガム、防水袋に入ったライターとタバコ、それに携帯電話と南京錠の鍵。この意識を失った男が殺人者であることを窺わせるものは何もなかった。

　ジャッキーのキャビネットから本と雑誌を取り出した。『ポピュラー・サイエンス』という雑誌があり、表紙はイギリスの映画俳優、サイモン・ペッグが『スタートレック』のユニフォームでポーズを取っている写真だった。〈ヴァーチャル・リアリティの暗黒面〉という表題がついている。ほかの雑誌のうち三冊は、版の異なるアメリカの科学技術雑誌『ワイアド』だった。残りの一冊は隔週発刊の経済誌『フォーブス』で、表紙には〈リッチ・リスト！〉と黄色のレタリングで、叫ぶように太書きされている。一箇所ページの角が栞（しおり）代わりに折られている。そのページには超現代的な船を描いたイラストが載っていた。密林に囲まれた川に浮かぶヨットという図だ。

　書籍のほうはすべて中国語だったが、イラストや写真からデータシステムに関する技術指導書であると、アナは結論付けた。一冊、目立つ本がある。表紙には漢字三文字。ざっとめくってみると、アンダーラインを引いた箇所がいくつかある。

　ページをパラパラ流し見していると、光沢のある写真が一枚滑り落ちた。ウォーターフロントを歩きながら携帯電話に向かって喋っている女の写真だった。長い金髪の白人で、タイトフィットのジーンズ、テーラードカラーのジャケットの下に襟ぐりが深く大胆に開いたブラウスを着ている。目だけでなく顔の大半が、大きなサングラスに隠れていた。肩幅の広さから見て、水泳か体操の選手である、あるいは、であったような印象だ。背景には、明るい青空に高く伸びているヤシの並木。加えて、反対方向からローラースケートでやって来る筋肉隆々の男も写っている。カリフォルニアだろう。おそらく、ヴェニスビーチか、それと似たところだ。写真を裏返してみたが何もなかった。女の知らないうちに、遠くから望遠レンズで撮られたもののように見えた。ジャッキーがストーキングしている有名人か誰かなのか？

その本と写真には何か特別な意味があるにちがいない。目を覚ましたら本人に訊いてみよう。アナは本と写真の両方を胸ポケットに入れた。

死んだほうの男に近付くと、粘りつくような血の匂いが強くなった。膝をつきベッドの下を覗き込む。男を殺した二発の銃弾が、ベッドの床板(とこいた)を貫通してフローリングに穴をあけていた。弾痕の一つに指を押し込んでみて、フローリングがプラスティック製であることが分かった。弾はおそらく下の氷にめり込んでいるのだろう。視線を、一部分解されベッド脇の床に放置されたネイルガンに移す。これがなぜ、作業棟ではなくここにあるのだろう？

疲れがどっと襲ってきて、アナはジャッキーのベッドのそばに座り込んだ。腕時計に目をやる。グリーンのダイアル上で、針は午前七時に近付いていた。枕(まくら)のそばに頭を置き、ひどく混沌とした状況の中から手掛かりになりそうなものを見つけて、それを繋ぎ合わせようとした。屋根を支える構造材が、頭の上で嵐に震えていた。干してある防寒用ズボン下がゆっくりと揺れた。キャビンの継ぎ目が軋んでいる。手掛かりの糸は繋がらない。ただ解けぬ結び目になるだけだった。

突然、身体の下に湿り気を感じた。

身体を転がすと、ベッドの下にあった例の弾痕から黒い水が噴き上げていた。水は勢いよく床を横切りアナの方に向かってくる。立ち上がろうとするが、身体がうまく動かない。水位が上がってくる。開いた胸のファスナーから入り込んだ氷のように冷たい水が、首に押し寄せる。アナは叫ぼうとした。しかし喉もまた麻痺していた。海水が顔の上を流れた。水没しかけたキャビンの窓越しに、明るく火の手が上がっているのが見える。海の底から這い上がってきた炎だ。胸に鋭い痛みが走った。肺に酸素がない。アナは口を開けた。塩辛い海水が入ってきた。

「アナ」

アナは目を覚ました。蒼白い顔がおぼろげに見える。驚愕（きょうがく）のあまり、両脚で蹴って正体不明の者に攻撃を加えた。男はうめき声を上げ、よろめき後退った。

「おいおい、勘弁してくれ、アナ――わたしだよ」

視野が定まる。ザカリアッセンが立ったまま覗き込んでいた。「ごめんなさい、ダニエル、眠ってしまったみたい」頭がふらふらした状態で、アナは時計を見た。二十分しか経っていないのに、何時間も経ったような気がした。

アナは立ち上がった。目がひりひりする。胃の中で虫が這いずり回っていた。空腹のせいだ。頭をはっきりさせておくには、すぐにでも食べなくてはならない。

「わ……わたしのほうは、無線機で交信したんだが」ザカリアッセンが手に息を吹きかけながら言った。

その言葉に、アナは空腹を忘れた。

「素晴らしい、ダニエル、すごいわ！」

アナは興奮のあまりザカリアッセンの背中を思い切り叩いた。相手は痛かったのか身体を引いた。

「アンテナケーブルが引きちぎられていたが、とりあえず、被覆を剝いて中の線を繋いでおいた。受信状態はひどいもんだが、アメリカの沿岸警備隊には通じたよ。連中によると、嵐が収まったら、グリーンランドからヘリを寄越せるそうだ」

「ここで起こったことを伝えたの？」

「ああ、もちろん……隊員が死んでたことや、生存者が一名いること……犯人は車で逃げたこと、とかな。沿岸警備隊のほうは、中国側に連絡を取って、アイス・ドラゴンにいる隊員の人数を確認すると言っていた」

　ザカリアッセンはメガネを外し、雪と水滴を拭い始めた。メガネを取ると子どものような顔をしている。まるで年齢も学識も分厚いレンズに凝縮されていたかのようだった。

「何か言っていなかった――この人について？」二人とも、ベッドにじっとしたまま眠っているジャッキーに目を向けた。胸の上下動だけが、まだ生きていることを告げている。

「いや、ただ、なんとかして生かしておいてくれ、と言ってたな」

アナはキャビンの窓から外を見た。雪は相変わらず激しく降りしきり、視野を妨げている。

「まずまずね。手持ちのもので三、四時間は持ちこたえられる。なるだけ早くサブヴァバーを修理して、基地外の流氷原に出るのが、今取れる一番利巧な策よ。行方知れずの二人が突然現れるのを黙って待つより、我が身を守るほうがずっといい」

ザカリアッセンがメガネを掛け直し、窓の外を見た。「残念ながら、悪い知らせもあるんだ。調べてみたが、やはり予備の燃料ホースは、まだキャンプにある」ザカリアッセンはアナに顔を向けた。意気消沈した様子だった。

「サブヴァバーを直すことはできん。ここから動けないんだ」

# 26

アナはキャビンにあるベッドと寝袋を見た。ほんの数時間前には、この基地で十四人の人々が生活し仕事をしていたのだ。何故に、そのほぼ全員が殺されたのだ？　逃げる先もないこの場所で仕事仲間を殺すという蛮行に、合理的な科学者を駆り立てたものはなんなのだろう？　この閉鎖社会なら、隊員名簿と突き合わせただけで、犯人は簡単に割り出せる。なのに、このような惨事を引き起こしたとすれば、どんな原因が考え得るだろう？

アナは身体が萎えてくるのを感じた。「食べるまでまともに頭が働かない」ザカリアッセンに言った。「キッチンがあるキャビンがあったと思う。ジャッキーを見てて。何か食べるものがあるかどうか見てくるから」

アナは悪戦苦闘してそのキャビンまでの十数メートルを歩いた。室内には長いテーブルが二卓、キッチンの前に配置されている。戸棚の一つにインスタント・ヌードルが何パックか入っていた。二袋を開けて、キッチンベンチに置かれた大型のプラステイック製ウォーターサーバーのところまで行った。サーバーの陰に皿が重ねられていた。テーブルのセットをしようというときに、何か邪魔が入ったという感じだった。


ゲイルと一緒にキッチンに入ると、ヤンが重ねた皿を両手で抱えて立っていた。

「早いね」ヤンが皿をキッチンカウンターの下に押し込みながら言った。

「いいえ、三十分遅刻したくらいよ」少しきつい口調になった。ヤンは驚いたように腕時計を覗き込んだ。「ごめん、週末パリにいたんだが、そのまま時計を進めるのを忘れていたみたいだ」

「どうだ、ワインはどうかね？」ゆったりしたスーツを着た年配の男が、カウンターにデカンタを置いた。

「もらうよ、イーサ」ヤンが言った。男はコーラの大きなグラスにワインを注いだ。あとで知ったが、男はそのレストランのオーナーだった。

「品質はまあそこそこってとこだな。でも考えてみると、今年のシリア産ワインは例年以下の出来だからな」ヤンが、グラスを掲げながら言った。

ワインは黒スグリ、バニラ、胡椒の味がした。それにプラスティックのような後味が残った。ヤンはグラスを挙げ、片方の腕をイーサの身体に回した。レストランのオーナーは、顎にトイレットペーパーの切れ端をくっつけている。髭を剃ったときの切り傷。今日という日まで、髭を剃ることが許されなかった。ＩＳ占領下の恐怖の年月が終わったのだ。「イーサに乾杯。キッチンを使わせてくれたお礼に」

「ヤンのためならなんだってするさ。娘の命を救ってくれた恩人なんだから」イーサが言った。

ヤンは称賛を受け流すと、血の滴る四枚の厚切り肉をガス台に置いた大きな鉄製のフライパンに載せた。肉がジュージューと音を立て、やがて仔羊（こひつじ）肉とコリアンダーの香りが部屋中に漂った。先週丸一週間、携帯食糧で生き抜いた身にとって、まさに天国だった。味を記憶に留めようと、無理してゆっくり食べようとした。けれども、二口ほど食べたあと、ヤンが興味深そうな表情で見つめていることに気付いた。客の評価を待っているシェフの目だ。

「ほんと、素晴らしくおいしいわ」本当のことだった。「こんないい肉、いったいどこで手に入れたの？」

「街を出て何キロか行ったところに、知り合いの羊飼いがいるんだ。その男が仔羊をくれた」そのことだけですぐに分かった。ヤン・ルノーは、地球上で最も荒れ果てた土地に来ることになっても、数日のうちに何百人もの友人を作ることができる男なのだ。

ヤンが初めて夕食に誘ってくれたとき、最初は断った。ヤンは気分を害したふりをした。「いや、それはダメだよ。断ってもらっちゃ困る。ぼくの命を救ってくれたんだ。お礼しようにも、このひどい土地でぼくにできることと言えば、うまい飯を作ることぐらいなんだから」この誘いを受けたのは、自由シリア軍戦車の中でヤンと出会したときだった。このとき、このフランス人医師は、借りた無線機を通じて上司と激論を戦わしていた。国境なき医師団ならラッカで安全に活動できると、相手を説得しようとしていたのだ。実はその三十分前、ある家の屋根に陣取って監視任務についていたのだった。そのときヤンが腕に子どもを抱いて全速力で走るのを目撃した。走るヤンの後ろには石ころが飛び散っていた。ＩＳのスナイパーのライフルから発射された銃弾が吹き飛ばしたものだった。応戦すると、スナイパーは身を隠した。それがなかったら、ヤンは殺されていただろう。

「どうもありがとう。初めてだよ、こんな美しい天使がぼくを守ってくれたなんて」

これが、どれほど自分に死が迫っていたかを悟ったときの、ヤンの反応だった。臆面もなく褒めちぎられて、柄にもなく顔が紅潮するのを感じた。

誘いを受けることにしたのは、ゲイルがそう薦めたからだった。田舎出の気のいい男で、特殊部隊で自分の右腕だった。ゲイルもヤンの向こう見ずな英雄的行為を目撃していた。

「おいおい、アナ、そんなにカッカするなよ。フランスのナイスガイと飯食うって話だろ、それのどこがいけないんだい？」そう、いけないことは何もなかった。自分は早くもヤンに惹かれていた。すでにこのとき、前途を――別の人生を期待していた。

夕食が終わるとヤンは、キッチンカウンターの奥に行き、ガタの来たサイドボードに載っている古いエイトトラックに歩み寄った。キッチンタオルで両手を丁寧に拭ったあと、テープをセットしプレイボタンを押した。

「これがなんだか当てた人には、デザートが出る」

モノラルのスピーカーから物悲しいクラリネットの音が流れ出た。しばらくしてサキソフォンが加わる。曲の雰囲気が、まるで夜の深い闇に突然太陽が昇ったように明るくなった。ゲイルが面白くなさそうに低い声で言った。「こいつは、音楽だ。間違いない」

「レナード・バーンスタイン。『波止場』のサウンドトラック」。

ヤンが驚いたように見つめてきた。「大正解！　素晴らしい。音楽をやってたのかい、アナ？」

「いいえ、でも母が音楽好きで、サウンドトラックがお気に入りだった。わたしは古い映画音楽に囲まれて育ったの。『カサブランカ』、『アラビアのロレンス』――全部、何百回となく聴いたわ」

突然レストランの外から耳障りな声が聞こえた。イーサが戸口に向かったが、着く前にドアが乱暴に開かれ、迷彩服姿の女が数人次々に入ってきた。ほとんどがカラシニコフを担いでいる。ハイネケンの缶ビールを手にしている者もいた。皆、上機嫌だ。イーサが私的パーティに乱入してもらっては困る、と言っている横で、ヤンが大声を上げた。「いや、構わないさ」ヤンはそう言うと女兵士たちを招き寄せた。「この人たちはアイン・イッサ解放の英雄だ。パーティに参加する資格はあるさ」

　女たちはクルド女性防衛部隊の兵士たちだった。ＹＰＪは、クルド、アラブ、シリアの民兵からなる女性だけの軍事組織だ。シリア人民防衛隊の傘下にあり、シリアで戦った。ヤンはもちろん女兵士の何人かとは知り合いで、自分とゲイルを司令官に紹介した。小柄な女性で、目にバッチリ化粧していた。ユニフォームとカラシニコフがなかったら、ヌハードというこの女性は、ティーンエージャーで通ったかもしれない。ヌハード隊は最前線で、アイン・イッサのＩＳに反撃を加えたのだ。で、今、次の戦闘を前に英気を養おうというわけだった。次はラッカ解放の戦いだった。イスラム国の首都だとＩＳが宣言して以来、ラッカでは数百人の人々が公開の斬首刑に処されていた。

　少し経った頃、ヤンが新しいテープをかけた。蜂蜜のように甘いクラシックなメキシコ音楽だった。『マスク・オブ・ゾロ』のサウンドトラック。ぼくはキャサリン・ゼタ＝ジョーンズの大ファンなんだ。映画を見れば分かるだろ？　素晴らしい美人だし、なにより剣の腕前だって、たいていの男より上だ」

「キャサリン・ゼタ＝ジョーンズに熱を上げて、奥さんはなんとも思わないのかしら？」

ヤンと目が合った。左の瞳に白い点があるのに気付いた。

「妻がいたとしたら、おそらく救いようのないロマンティストだと思うだろうね」

「実際そうなの？」

「そういう機会があれば、そうなるかもね」

目の端にゲイルの姿が入った。こっちをチラチラと見ている。自分も〈救いようのないロマンティスト〉になった気がしていた。

初めての心ときめく瞬間は、外の銃声によって遮られた。

立ち上がり、ジャケットの内側に手を入れて、ピストルの安全装置を解除した。無駄のない動きだった。ヌハードを追ってキッチンのドアから外に出た。レストランを出たところの通りに男が立っていた。マンチェスター・ユナイテッドのシャツを着ていた。男が英語で叫んだ。「食い物、あるかい？　三日も食ってない」通りにいた守備隊がマシンガンの銃口を下ろした。緊張が緩みかかった。男が入口に向かいながら、片手をポケットに入れた。

身体が反応した。二発の銃声が一発に聞こえた。銃弾は男の胸のど真ん中に当たった。サッカーユニの内側につけたスーイサイドベルトが爆発し、男の身体がバラバラになった。爆風がレストランの窓すべてを吹き飛ばした。顔にべっとりとした何かがついた。血だった。

アナは冷たい液体が手の上を流れるのを感じた。アナはそれを端によけ、もうひとつのマグにヌードルを入れたマグが溢れていた。アナはそれを端によけ、もうひとつのマグに水を注いだ。二つのマグをステンレス製の電子レンジに入れる。どのボタンを押したらいいか分からず、スタートさせるのに手間取った。ヤンのことを考える。今でも、その顔をはっきりと目に浮かべることができる。モジャモジャにカールした髪。笑い皺のある大きな目。忘れられるだろうか？　忘れたいだろうか？

電子レンジがピッピッピと鳴った。

アナは、キッチンカウンターの前に立ったまま、ヌードルをズルズルっと啜った。胃に温かい食べ物が入っているのを感じる。エネルギーが戻ってくる。もう二杯温めたあと、それを持ってザカリアッセンのところに戻った。戻る途中でヌードルは冷めたが、ザカリアッセンは文句も言わず、オオカミのようにがつがつと食べ、最後の一口を頬張ったときには、大きく口を鳴らした。「ありがとう。今になって初めて、どれほど空腹だったかが分かったよ」ザカリアッセンはあくびをした。アナも眠気を感じた。緊張続きで食事を忘れていたし、今は眠たくて仕方がなかった。疲労感を振り払おうとしても、単調な風の叫びに、まぶたが閉じてきてしまう。

「外に出なきゃ」

「なんだって？」

「あいつらが来るんなら、見張りは怠れない」

ザカリアッセンはうーんと唸っただけで、逆らいはしなかった。

一時間も経たないうちにアナは、この嵐の中で見張りに立つのは——自分たちがエリート兵士で、かつ、軍事予算が許す最高の極地用装備を与えられていたとしても——三十分がせいぜいであることを悟った。皮下脂肪一グラムの退職した大学教授と、二年間も訓練を受けていない元兵士にとっては、どだい無理な話なのだ。刺すような寒さと強風がほんの数分でエネルギーと警戒心を奪い、さらには顔が凍傷でずきずきと痛む。

「こりゃダメだわ。もう一回外に出たら凍え死んじゃう。トリップフレアを使うしかなさそう」アナはぶつぶつと文句を言いながら、ジャッキーのいるキャビンに入った。後ろでドアがバタンと閉まった。十五分足らず見張りに立っただけなのに、身体の震えが止まらなかった。「このキャビンの周囲にトリップフレアをセットすれば、あいつらが戻ってきたときの警報になる」

「いや、わたしはもうダメだ。もう一秒たりとも外にはいられない」ザカリアッセンの声は痛々しくしわがれていた。歯がガタガタ鳴る。

「一度に一つずつ、解決しましょ」

「それならきみが行ってトリップフレアを持ってきたらいい。わたしはこの男の面倒を見る」ザカリアッセンはジャッキーを顎で指した。中国人青年は相変わらずじっと動かぬまま、ベッドで眠っている。

「二人一緒に行ったほうがいい。ジャッキーはどこにも行かないし」

「こっちの言っていることをまともに聞いていないんじゃないか？」声が甲高くなった。「サブヴァバーにもういっぺん行くなんて、ごめんこうむる！」アナが折れるしかなかった。詰まるところ、相手は七十三歳の老人なのだ。

「分かったわよ。でもわたしがやったようなミスは犯さないで。絶対に居眠りしない。わたしが三十分で戻らなかったら探しに来て」アナは、身体が温まるまで、両腕を羽ばたくように振りながら床の上をぴょんぴょんと跳んだ。そのあと、サーマルスーツのファスナーを首まで上げゴーグルを装着すると、ドアを開け再び外へと足を踏み出した。

# 27

サブヴァバーへなるだけ安全に向かうために、アナは新しいルートを選択した。犯人たちがすでに戻って暗闇に潜んでいるとしたら、待ち伏せしている場所にのこのこと歩み入るわけにはいかない。

基地の裏手にある暗がりに隠れ、基地を照らす光の輪の外縁に絶えず目を配りながら、頑張って風雪の中を進む。異状を感じさせるものはなかったが、悪意が潜んでいるという感覚を払拭することができない。タワーに描かれた龍の絵が突然剝がれ落ち、真正の怪物となって火を噴きかけてきても不思議はないと思われるほど、その感覚は強かった。北極は別世界だ。足元の氷さえ、敵を隠しているかもしれない。

北極に滞在し始めてまだ一週間足らずの頃、アナはまさにそのことを経験した。氷が分かれて、その隙間から軍艦が産まれたのだ。

真夜中に不思議な音がして目を覚ました。窓の外で銀河が夜空に架かっていた。霜の降りた虹(にじ)のように見えた。あまりに素晴らしい光景だったので、計器のランプをすべて消してよく見ようとした。

高性能望遠レンズの視野に、緑と赤のライトがいきなり入って来た。船舶の航行灯(ナビゲーションライト)のようだった。こちらに向かって来る船舶が砕氷船ではないことをレーダーで確認してから、氷原に出て観察した。二百メートルほど歩いたところで、氷が砕け漂う大きな氷塊のあいだから背の高い黒い物体が突き出していた。

潜水艦の司令塔だった。

艦が突然潜水を開始する前に、なんとか一枚だけ撮影した写真には、こちらに双眼鏡を向けている乗組員たちが写っていた。ロシア潜水艦はザカリアッセンのソナーを傍受し、発信者の正体を突き止めようと氷を破り浮上したにちがいない。

なぜロシア艦が自分を見るなり潜水したのかは分からない。年配の船乗りには、女は船に不運をもたらすといまだに信じている者がいるそうだ。その手の迷信深い乗組員だったのかもしれない。

吹雪の向こうに、赤と緑のライトが見えた。潜水艦ではない。サブヴァバーだ。

ようやくハッチを開け艇内に這い入ると、身体が猛烈に震えた。腕立て伏せを三十回、いくらか身体が温まった。

日本製短弓の収納ケースが床に落ちていた。衝突のショックでベッド下の物入れから飛び出したのだろう。ケースを開け弓を取り出して、不具合はないか調べる。今そんな心配をするのはばかげたことだが、ラミネート加工された木部に異常がないことを知ると、ほっとした気分になった。

トリップフレアが入った木箱を取り上げ、無線送信機のあいだに座り込む。ボリスに連絡を取って、嵐がいつ抜けるかを知りたかった。無線機の上にあるガラスの表面で息が凍った。すべての窓が凍りつくか、厚い雪に覆われている。サブヴァバーのコールサインが書いてあるテープから霜を払った。ザカリアッセンが緑色のインクで記したものだ。

「ウィスキー……デルタ……エコー……フォー……フォー……ワン……フォー……こちらフラムX。タイミル基地、気象官どうぞ」無線機のプッシュ・トゥ・トークボタンを放すと、小さなスピーカーがパルス音を発した。「アナからボリスへ。聞こえる? 起きてちょうだい。マジ、助けが必要なの」返って来たのは、カリカリ、ポッポというようなホワイトノイズだけだった。

地図用コンパスを使って窓の氷に穴をあけ空に目をやるが、激しい雪のせいで何一つはっきりと見えなかった。オーロラがまだ出ているのかどうかさえ分からない。

壁に無線機と並んで掛かっている衛星電話を手に取ると、トロムソにいる父親の番号を押した。回線はピーポーという妙な音がしたきり切れた。

かつての生活で知り合いだった女性に電話してみた。ヴィクトリア・ハマーと最後に会ったのは、トロムソの波止場近くでのことだった。古い漁船を買って遊覧船に改装することを考えていた父に付き合って、その船の下見に行ったときだ。ホエール・ウォッチングや、リンゲン・アルプスの急斜面での山岳スキーを希望する観光客がますます増えているという事情があった。どちらの観光にも船が必要なのだ。

「どうしてるか、ちょうど連絡を取ろうと思ってたのよ、アナ」ぴかぴかのレンタカーから降りながら、ヴィクトリアはそう言った。ヴィクトリア・ハマーはオラ・カルダガーの後任として特殊部隊を統率していた。新聞の暴露記事でE14と呼ばれたこの特殊部隊は、公式には二〇〇六年に廃止されたが、非公式には命脈を保ち、従来と変わらぬ勢いで活動を続けていた。オラ・カルダガーは〈OK〉とあだ名されていた。ヴィクトリアは着任当日に選りすぐられた工作員たちの前でスピーチを行った際、自分は〈KO〉だと冗談を言った。この言葉が定着した。軍隊でKOは直属の上司で、除隊後もなんとか復帰をさせようとアナに再三連絡を寄越した。で、最終的には電話自体受けることをやめた。

ヴィクトリアとは今ふうのカフェで昼食をとった。髭をきれいに整えたウェイターたちがエスプレッソ・マシーンで淹れたコロンビア・コーヒーを運んでくるような店だ。

「あなたに対する訴訟が取り下げられたって手紙、受け取った？」オムレツをつついていると、ヴィクトリアが訊いてきた。クルミと蜂蜜は好みの具ではない。「軍を変心させたのはＣＩＡ。知ってた？」

軍の弁護士から手紙を受け取ったが、いまだに家のテーブルに未開封のまま載っかっている。

「ＣＩＡはあなたに勲章を上げたがってる」

まだその手紙も開けていない。

「じゃ元気でね。電話をかけるだけでいいの、分かった？」空港に行くため車に乗り込みながら、ＫＯは言った。「昼夜を問わず、わたしはここにいるわ、あなたのために、アナ」

しかし、受話器からはピーポーという音が聞こえるばかりだった。ＫＯが本気で、いつもそこにいる、と言ったのかさえ、確かめようもない。

「もう、どうなってんのよ！」

電話をコックピットに向かって投げつけた。霜のついた作業テーブルに載ったラップトップのあいだを、電話がピンボールのように跳ね回る。突然誰かに見られているという感覚に襲われた。

ゆっくりと身体を回す、艇内には誰もいない。窓の外では雪が舞っている。電波干渉で乱れたテレビ画面のようだった。外にも、人影はない。

直感的に床に目をやった。嫌な感じは下から来ている。巨大な悪が息を吹き返して下からこちらを見ているような感覚、氷下深くで悪魔的な機械がキリキリと音を立てて動き始めているような感覚だった。進路を邪魔するものすべてを潰してしまうような機械。

目を再びぎゅっと閉じ、フェルディナンが教えてくれた言葉を発してみる。人生の半分ほど前、イギリスの空軍基地でさよならを言ったときに、餞別（せんべつ）として送ってくれた言葉だった。すべてをリセットする言葉。自己催眠は奏功した。不安が燃える紙片のようにくるくると巻き上がった。具体的な仕事が恐怖に取って代わる。その一、トリップフレアを仕掛けろ。その二、眠れ。

艇外に出る前に、緊急ロケーションビーコンをチェックする。グリーンのライトの点滅が前より速いが、それでも光ってはいる。バッテリーに残量があるかぎり、ビーコンはサブヴァバーの正確な位置を発信してくれるはずだ。

遭難信号について知ったとき、父はどれほど心配するだろうか？　ナンセン環境遠隔測定センターは、北極調査の許可を与える前に書類の提出を要求した。その〈近親者〉欄には、ヨハネス・アウネの名前しか書かれていない。

緊急ビーコン応答機(トランスポンダー)の側面についたプラスティックカバーがきちんと閉まっていなかった。薄いプラスティックの蓋の奥には三つのボタンがついた小さなスクリーン、さらにその下にUSBソケットがある。

一つのボタンを押すと、テキストがスクロールした。〈スペアパーツ求む〉。もう一度押す。〈医療援助求む〉。もう一度。〈北極よりハッピーホリデイズ〉。ほかに五つあったメッセージに目を通したあと、最初の〈スペアパーツ求む〉に戻った。三番目のボタンには一つのことしか書かれていない。〈送信〉。

言うまでもなくこのトランスポンダーは、他の送信手段がすべて機能不全に陥ったときに備えて、北極探検者用にプログラムされている。床を二歩進んでハッチを開けた。氷のように冷たい暴風が吹き込んで、書類を巻き上げサブヴァバーの艇内を吹雪で満たした。出ようとしたとき、トリップフレアの箱を忘れたことに気付き、取りに戻った。

この偶然がなかったら、警報を聞くことはなかったろう。操縦席右前のどこからか、ピーという音が鳴りつづけていた。その場に行こうと焦りすぎて、足を滑らせ、床に溜まった泥雪の上に転んだ。立ち上がったちょうどそのとき、警告音がやんだ。

「なによ！　ふざけないで！」

苛々して計器盤を叩いた。盤を覆う霜の下で、画面の一つが光を放っている。レーダーが自動起動していたのだ。霜を拭い去る。指先に氷の冷たさがひどくしみた。荒涼たるアフガニスタンの山腹で負った凍傷が顔を出したのだ。

初めのうち、スクリーン上にはレーダー信号に干渉する吹雪のノイズしか映らなかったが、そのあと、ほんの少しのあいだ、画面上方に赤い正方形が光った。正方形は消えたが、レーダーが次に画面を更新（スイープ）したとき、それがまた現れた。

近付いている。

正体不明の物体がサブヴァバーに向かって、流氷原を直進していた。

# 28

「誰かが来る！」アナはキャビンに飛び込んだ。リスクを顧みず、近道を通ってきた。

「誰が？」ザカリアッセンが妙に混乱した表情でアナを見た。

「犯人たちよ！　レーダーが今さっき氷上に何か大きなものを捉えたの」

サブヴァバーのレーダーは二キロ以内に接近した大きな物体をすべて捉えるように設定されている。この時期にあえて流氷原に出ようとする船舶は、ロシアの巨大な原子力砕氷船だけだ。もしサブヴァバーが轢かれることになっても、巨獣の船体にはほとんどかすり傷もつかない。一方、相手のスクリューはアナとザカリアッセンをミンチにし、貧弱なホバークラフトのほうは、人肉とアルミニウムとプラスティックの合挽きになる。それを見ても、ムルマンスクで下船した乗組員たちは眉一本も動かさないだろう。

老教授の目に希望の光が宿った。「救援ヘリじゃないか？」

「それはない。あの物体、五、六ノットしか出ていなかった」

ザカリアッセンがモーゼルを手に立ち上がった。「どっちの方角から来てるんだ?」

「北西。約二キロ先。あの速度のままなら、三十分後にはここに着く」

突然、唸り声が聞こえた。振り返ると、ジャッキーがベッドの上で起き上がろうとしていた。傷からの出血で、フリースジャケットの袖が赤く染まっている。

「な……何をしてるんだ?」ジャッキーがつかえながら言った。

「なんでもない。横になりなさい。休んでなきゃ」

ジャッキーは起き上がろうとしたが、手首に巻かれたダクトテープのせいでそれもできなかった。

「なんでぼくを縛ってるんだ?」

「じっと横になっていてもらうため」アナは嘘をついた。「出血がひどいから」

ザカリアッセンがキャビンの照明を消し、カーテンを引いて外を見た。教育の成果が出たのは間違いない。

「すぐにここを出よう!」ザカリアッセンが言った。

「シーッ、そんなに大声出さないで」アナはジャッキーに目をやった。もうじたばたするのをやめ、横になったまま天井を見つめている。ノルウェー語を理解できないとはいえ、ザカリアッセンの口調が緊張していることには気付いたろう。だが、それもやむを得ない。

「どこにも行けないのよ、ダニエル」

「何を言っているんだ？　殺人犯が二人、ここに向かっているのに、ここにじっとしていろと言うのか？　正気じゃない！」

パニックを隠そうともしない口調だった。北極にいると、人の本性があらわになる。寒さと絶え間なく周囲から聞こえる氷の裂ける音、それに足元の氷原がいつ何時抜けるかもしれないという感覚は、極地探検家が幾重にも纏った文明の表皮を、一枚また一枚と剝ぎ取っていく。結果残るのは原始人というわけだ。

「今パニクってたらダメ。わたしが考えてるあいだ、深呼吸でもしてて」

アナは外に続くドアを開け、外を見てみた。フラッドライトを背に吹き付ける雪。海の底から、際限なく頭上を通過する白い魚の大群を見たら、こんな感じだろうか。見えるのはせいぜい隣のキャビンまで。たった四メートルしか離れていないのにこれだ。

犯人たちはどんな武器を持っているのだろう？

あいつらが最初に攻撃するのはどこだろう？

外部からのサポートも期待できず、使える火器も貧弱な現状でザカリアッセンの命を守らなければならないなら、戦略的な優位性を確保するしかない。決断に時間はかからなかった。

「おびき出して待ち伏せする。わたしが囮（おとり）になる。あなたは撃って」

# 29

アナは冷え込んだガレージでトラクターの陰に陣取っていた。もう何時間もそこに座っている気がする。いずれにせよ、ザカリアッセンを暖かい医務室に配置したことを後悔するには、じゅうぶんな時間だった。とは言え、身体が冷え切ってしまえば、ザカリアッセンはライフルを使えない。アナの計画がどんなものかを伝えたとき、ザカリアッセンはおおいに不満そうだった。

「なんでここにいなくちゃならないんだ？　暖かい服はあるし、緊急ロケーションビーコンを持って、流氷原を逆方向に歩いて行きゃいい。アメリカ人が来たら、見つけてくれるさ」ザカリアッセンは頑(かたく)なに言った。

「それならジャッキーはどうするの？　一緒に連れて行く？　置いていけば、わたしたちがここにいたことがばれるわ」

ザカリアッセンは、苛立った様子でアナを見た。

「ジャッキーには我々がどこに行ったかなんて分からんよ」

ザカリアッセンがなぜ、探検隊リーダーとしてのキャリアを築けなかったのか、アナはこのときようやく悟った。緊迫した局面で、脳みそがゼリーになってしまう。必要な情報すべてが頭に入っているのに、論理的に順序立てて考えをまとめなくてはならない場面で、その情報にアクセスすることが、まったくできなくなるのだ。

「緊急ロケーションビーコンの信号は、誰にでも受信できる」アナはドアを開けながら言った。「アメリカ人同様、あいつらにも簡単にわたしたちの場所を特定できるの。ガレージのドアなら、窓から見えるでしょ?」アナはそう言い残して外に出た。

母の形見であるロレックス・サブマリーナーの蛍光針によると、この会話を交わしてから三十分と経っていない。

永遠のような時間だった。

サバイバルスーツの分厚いフードで顔をくるんではいるものの、視野を損ねてはまずいので締め方にいくらかの遊びがある。北極の風が冷たいガラガラヘビのように頰に滑り込んでくる。工具箱の上に座っていたが、もうずいぶん前から、氷原の冷気が箱を通過して尻にまで伝わって来ていた。

そばの床に置いてある弓を拾い上げ、矢を番(つが)えながら弦を引いて、ガレージの外に狙いをつける。この強風では弓が逸れるだろう。命中させるためには、的がすぐそばに来るまで待たなくてはならない。

「わたしときみしかいない。となれば、兵士はきみのほうだ。これをやるのはきみのはずだ」犯人たちをおびき出して待ち伏せるという案を披露したとき、ザカリアッセンはモーゼルを差し出した。

「できないの、ダニエル。どうか分かって……どうしても引鉄をひくことができない」

その古いライフルを手にすることを考えただけで、顔に冷や汗が浮かんだ。

「いったい、どんなことがあったんだね、アナ？」

アナは顔を背けた。相手の目を正視することができなかった。

「時間を無駄にするわけにはいかない。あいつらがここに来るまで二十分しかない。計画を立てなきゃ」

ザカリアッセンの顔が歪んだ。やり場のない怒りの色が目に宿った。

「なんということだ。十一人もの命を奪った殺人鬼相手に、我々二人とは。わたしは兵士じゃないんだ。扁平足だから、徴兵さえされていない。今まで撃ったことがあるのは、射撃テストを受けたときの紙の的だけだ。おまけに外は嵐だ。撃ったってどこにも当たらん」

アナが折れるしかなかった。計画を微調整するしかない。アナが攻撃する。ザカリアッセンは掩護に回る。そんなわけで、弓の出番となったのだ。

ガレージのドアについた小さな窓を通して医務室が見える。ザカリアッセンはそこに隠れ、部屋の中央に陣取り、ライフルを構え、窓の外に銃口を向けておく、という役割を負っている。外から見られることを避けたいスナイパーたちがとる戦術だった。老人がテーブルの下に隠れてしまっていないことを、アナは願った。

氷が軋むのを感じたような気がした、何かがやって来る。

最初に見えたのは、降りしきる雪の奥で明滅するオレンジ色の光だった。巨大なタイヤを履いた、車高が標準より五十センチばかり高い赤いピックアップ・トラックが、吹雪の中からカタツムリのような速度で現れた。通常の自動車と比較すると、タイヤの直径が大きく車体のバランスが異常で、ピックアップというよりおもちゃのラジコン・バギーを巨大化したもののように見えた。北極にトラック――そんな光景を見るとは、ナンセンスな夢の世界にいるようだった。ピックアップが、アナの隠れているガレージに向かって来る。ヘッドライトのビームが並んだキャビンに閃光(せんこう)を放っていた。トラックはガレージの開いた扉の前で停車した。

アナは工具箱からゆっくりと腰を上げた。寒さで弾力性を失ったプラスティックが軋んだ。血流が戻ってきて、尻がむずむずする。ガレージの窓から医務室を窺う。ザカリアッセンもピックアップを目にしていればいいのだが。

「中にいて、ダニエル。お願いだから、外に出ないで」アナは心の中で言った。

アナはしゃがみ込み、こっそりトラクターの横を通った。ピックアップのヘッドライトが、ガレージ奥の壁に濃い影を作っている。アナは、自分の影がトラクターのシルエットに呑まれるよう、身体を思い切り丸めた。

声がしないかと聞き耳を立てる。だが、聞こえるのは音楽だけだった。

クラシック音楽だった。

音楽。初めは、ためらいがちで細やか。やがて、溢れんばかりのエネルギーで、感動を喚(よ)び起こす。チャイコフスキー。『白鳥の湖』。うずくまったままガレージの開いた扉に身体をつける。アナは決断した。ボリスとコンサートに行こう。長いあいだ、い衣服を買いに出たことはなかったが、明るい赤のドレスを買おう。たった一つしかないまともな宝石、母の形見の宝石に、ぴたりとマッチするはずだ。それなら、ヤンと最初にデートしたときに着ていた黒いドレスと遜色(そんしょく)ない。

ダメだ。

そんなこと、考えること自体間違っている。

ボリスのことだけ考えよう。あの気象学者が雪男(イエティ)みたいじゃないかぎり、コンサート以上のことも考えられる。この考えにアナは元気付けられた。単純で明白な目標だから。

外から男の声が聞こえた。中国語で叫んでいる。返事がないので、男は再び、さらに大声で叫んだ。

アナは弓をゆっくりトラクターの前あたりに置いた。ガレージの扉の先は眩(まばゆ)いヘッドライトに照らされている。叫び声をあげた男は、その光の向こうにいる。アナは男の姿を捉えようとした。武器は持っているのだろうか？　それとも武器はまだ車の中か？　もう一人の男はどこだろう？

錆(さ)びたヒンジが軋んだ。見知らぬ男が、ピックアップのテールゲートを下ろした。

―……二……

アナは光に向かって駆けだした。

# 30

二秒でガレージの外に出た。

ヘッドライトを的にして、身体の前に弓を構える。ピックアップの後ろに立っている男の姿は見えない。男からも、ヘッドライトの眩い光に紛れた自分の姿が見えないことを願った。アナは視線を上げ、ピックアップの運転席の方を見た。中には誰も見えない。しかし、クラシック音楽はそこから聞こえているはずだった。ステアリングホイールの上方に、何かが立っている。先端が球体の長いものだ。

ロケット弾？

二歩で、巨大なリアタイヤのそばまで行った。目の前に鮮黄色のものが見えた。男は相変わらず車の陰にいた。一瞬の動きで、アナはトラック後部の角を曲がり、心底怯えつつ、男の頭に矢先を突き付けた。

「動かないで！」大声で叫びすぎて喉が閉まり、冷気を吸い込んでむせそうになった。

「射殺(いころ)すのは簡単よ！」

男が振り返った。ずんぐりした体型だ。北極のブッダというところか。蛍光色のフードの奥にある顔はぼんやりとしか見えない。男はサバイバルスーツを着ていた。夜光加工が施された生地に包まれて、男は巨大な光る虫のように見えた。

息の下で、男が何事か呟いた。

「動かないで！」

アナは弓で胸を狙いながら男に近付いた。ほぼ至近距離だ。暴風の中でも仕損じることはない。男が腕をゆっくりと挙げた。武器は手にしていなかった。

「ダニエル、トラックにはほかに誰かいない？」

ザカリアッセンがキャビンをすでに出たかどうか、アナには分からなかった。だが、こちらが一人ではないと相手に分からせることには意味がある。アナには、トラックの反対側に潜んでいるともかぎらぬもう一人の人間に気取られぬよう、そっと男に近付いた。フードの作る影の奥に、男の顔がちらりと見えた。男はじっとしていた。弓に番えた矢の軌道を推し測るように、切れ長の目だけが動いている。

トラックの向こう側に誰もいないことを確かめたあと、アナは男のフードを摑み、男の身体を百八十度回した。股間に蹴りを入れると、男は身動きできなくなり、雪に顔から倒れた。アナは片足で、男を思い切り雪に押し付けた。

「出て来なさい、さもないとこの男を射つわよ！」運転席に向かってアナは吠えた。

〈圧倒的力を誇示せよ〉。軍指導教官の口癖だった。圧倒的力を誇示せよ——それがあろうとなかろうと。敵に考えるいとまも、行動する時間も与えないのだ。

アナは弓と矢を雪に落とし、ポケットからハンティングナイフを引き抜いて、刃先を男の首に突き付けた。トラックに背中をつけながら、自分が怖ろしく無防備な状態にいると感じた。もう一人が車内に隠れているかもしれない。だがアナは振り返ろうとはしなかった。そんな隙を見せれば、男が下から脚を蹴り上げてくるかもしれない。

「ほかに誰がいる？　武器はどこ？」

男の頭の後ろで叫んだ。中国人の男が何か言ったが、氷雪に言葉が掻き消された。目の端で動きを捉えた。ザカリアッセンだった。雪の中を走って来る。ぶかぶかのサバイバルスーツを着た姿は、四肢を包む生地が膨れるせいで、操り人形のように見えた。片手にライフルを持ち、強張った足取りで駆けて来ると、雪の上に倒れている男の前で立ち止まった。「さ……さすがだな。捕まえるとは」

「トラックをチェックして。中に誰もいないかどうか確かめて」

「この男は誰なんだ？」

「今は言うとおりにして、お願いだから！　トラックに誰かいないかどうか確認してよっ！」

やっとのことで話が通じた。歩き去っていく足音が聞こえる。ナイフの刃先は今、犯人の背中に突き付けられていた。アナの目は一時たりともナイフから離れなかった。

アナは、足の裏を通して悪意が燃え上がってくるのを感じていた。踏みつけている足を、つい少し上げた。男が間髪（かんはつ）を容れず、身体を反転させようとした。

「動かないで！」アナは再び足を押し付けた。

ザカリアッセンが後ろから叫んだ。「アナ、これを見てくれ！」

「トラックのチェックは終わったの？」

「頼む……アナ……これを見るんだ！」

アナは足を動かさず、ナイフにこめた力も緩めずに首を回した。フードの端が視野を妨げて、姿はほとんど見えなかったが、ザカリアッセンが、風で膨らんだ荷台の幌（ほろ）を前にして立っている。ライフルはただ両手に持ったままで、構えるそぶりもない。

明るいフラッドライトに照らされて、グリーンのスニーカーが防水シートから突き出しているのが、はっきりと見えた。

# 31

荷台に死体があった。グリーンのランニングシューズを履いた白い脚が、風に煽られている防水シートから突き出している。最後の男だ。雪の上で倒れているサタンを思い切り踏みつけた。殺人鬼は唸り声を上げた。

「この人は誰なの？」

怪物がくぐもった声で何か言った。

「ガイ・ザンハイ……」

「なに？」

「ザンハイって男だ……死んでいる」

「誰が殺したの？」

「おれじゃない……おれは見つけただけだ」

「そんなこと、信じられるわけないでしょ！」アナは大声を出した。

「本当だ……おれは殺してない」

「あんた、名前は？」

「ジェン……マルコだ」不思議なほど落ち着いた声だった。吹雪の中、冷たい雪に顔を突っ込んだまま、殺人事件の訊問を受けるのに慣れているのかと思わせるほどだ。

「ジェンなの、マルコなの、どっち？」

「外国人はマルコって呼ぶ」男は答えた。

怒りが燃え上がるのを感じて、アナはナイフの刃先を強く押し付けた。刃はサバイバルスーツの生地を突き抜けた。男が悲鳴を上げた。

「どうしてあの男を殺したの、マルコ？」

「殺してないって。見つけたときには死んでたんだ。ホッキョクグマの仕業だ」

一瞬、基地にいた人間全員が殺されたと、この男に言おうかとも考えた。だが、意地の悪い考えが頭をもたげた。もっといい考えがある――ジャッキーに会ったら、こいつはどんな反応を示すだろう。全員殺したはずなのに、一人生き残っていると知ったら、この男はどうするのか？　確かにこっちのほうがいい作戦だ。だが、こんな形でこの怪物に情けをかけるべきなのか？　他の人々はこいつに情け容赦なく殺されたではないか？

ナイフを握り直す。マルコはケダモノだ。マルコは敵だ。洗濯スケジュールの謎は解けた。二人の行方不明者。二人の帰還者。一人生存。一人死亡。犯人と最後の犠牲者。戦時なら、これだけで十分な証拠と言える。ザカリアッセンの顔に浮かんだ表情を見た。マルコではなく自分の方をじっと見ている。心の準備をしているのだ。

老教授は掩護する気でいた。これは自衛の問題であり、また、発見したすべての死体に関する問題でもあった。ジャッキーが撃たれたという証拠もある。

疑問の余地など……。

〈ホッキョクグマの仕業だ〉

……疑問。

ナイフにかける力を緩めた。ゴーグルに雪が叩き付けられ、灰色だった視界がますます暗くなった。

「オーケイ、マルコ」アナは低い声で言った。氷のように冷たい空気が、息を吸うたびに、叫びすぎで傷んだ喉をこする。

「いい、こうするから。まず、あんたの背中から足をどける。そうしたら、仰向けになって……少しでも何かしようとしたら殺す……女だからって見くびらないほうがいいわよ……分かった、マルコ？」

「ああ」

背中から足をどけ、退がる。マルコが仰向けになった。

「身体から手を離したままで」

中国人青年、ジェンまたの名マルコは言われたとおりにした。短い腕と太った身体のせいで、育ちすぎた子どもが地べたに寝そべっているような感じだった。蛍光色のおくるみに包まれた幼児が、新雪の上でスノーエンジェルをやっている図だ。角顔で、小さな口の下に、先端がくるっと持ち上がったヤギ鬚が生えている。これでこめかみにツノでもあれば、悪魔で通じるところだ。

「ダニエル、来て！」アナは傷んだ喉で声のかぎり叫んだ。マルコから目を離さなかったが、ザカリアッセンが近付いて来る気配が感じられた。

「ポケットを探って。サバイバルスーツの内側も――隅から隅までチェックして」男はじっと身を横たえていた。吹き付ける雪から身を守ろうとすらしない。

「マルコ、相棒が身体検査をする……そのまま動かない。バカな真似(まね)をしないで……分かった？」

フードの中で男の大きな頭がかすかに動いた。イエスの意味だろうが、念のため、ナイフの刃先を腹に突き付けて、こちらの意図を分からせた。男は雪の中でじっとしている。

「こいつのポケットをからにして、ダニエル」

老人はその場から動かなかった。「こいつは危険だ」ザカリアッセンは言った。

「分かってる――だからあなたにボディチェックしてほしいの」

「大量殺人犯だ……こいつは……排除すべきだ」ほんのさっきまで、アナもまったく同じことを考えていた。しかし、平素おとなしい教授の口から改めて語られると、その言葉がばかばかしく聞こえた。

「ダメ！」アナは叫んだ。おもに、自分の心の声を黙らせるためだった。「言ったとおりにして！　ポケットをからにするの！」

ザカリアッセンは不満に鼻を鳴らしながら、渋々腰を曲げてマルコの身体を探り始めた。中国青年のサバイバルスーツには外側に二つのポケットがついていた。ファスナーから小さな赤い布が下がっていて、手袋をしていても開けやすくなっている。ポケットのひとつには、防水仕様のフラッシュライトとナッツが一袋。もう一つには、モンキーレンチと小型の電気ドリル。

ザカリアッセンは中身を引っ張り出し氷の上に置いた。激しい雪がすぐに降りかかる。

ザカリアッセンがサバイバルスーツの前ファスナーを下ろす。赤いサッカーシャツが現れた。明るい赤だった。ちょうど太鼓腹のあたりを覆うように、白い円が描かれ、中に二十一の番号がプリントされている。この中国人はビリヤードの玉みたいだった。

ザカリアッセンは男の内ポケットに手を突っ込み、携帯電話を取り出した。「これで全部チェックした。ほかには何もない」

老人が少し辛そうに立ち上がった。マルコのサバイバルスーツの太ももに赤いフラップがついているのが見えた。フラップの下が膨らんでいる。

「太もものポケットも調べて」

ザカリアッセンはまた何ごとかブツブツと言いながら、硬直した身体を再び曲げた。赤いフラップを摑んで、ファスナーを開けポケットに手を突っ込む。引っ張り出した手には、大きなリボルバーが握られていた。

# 32

アナはピックアップの運転席でロシア製アサルトライフルを発見した。シート後ろのラックに、カラシニコフが置かれていたのだ。

マルコがかけていた『白鳥の湖』は、マズルカのパートに差し掛かっていた。地獄の冬に呑み込まれた状況で聴くと、快活に囀るようなトーンには、ほとんどコミカルと言っていい響きがあった。強風のせいでトラックの車体がゆっくりと左右に揺れた。

巨大なピックアップを最初に見たときロケット弾だと思ったものは、ダッシュボードに固定されたプラモデルだったことが判明した。流線型の玩具で、上下に球状の膨らみがあり、青と紫の光が交互に内側から当たる仕掛けになっている。

助手席にフレアガンがあった。銃尾が開いていて、弾は入っていない。だが銃身には発射火薬の匂いが残っていて、グリップの片側には固まりかけた血がついている。フレアガンを元の場所に置いたままにして、カラシニコフを肘で突いてラックから落とすと、運転席後部のドアを開けて片足で蹴り出した。さらにライフルを追って車から飛び降り、遠くまで蹴り飛ばす。ライフルは氷上を滑って、やがて雪の下に消えた。

アナは、自分と周囲のキャビンとの位置関係に注意を払いながら、なおも雪を蹴りライフルを覆った。アメリカ人がやって来たら、カラシニコフの銃弾と、四人の中国人たちを射殺した銃弾が、同一タイプのものかどうか照合できるだろう。

この作業をおえると、アナは一つ深呼吸した。最悪の作業はこれからだ。

トラックの荷台に載せられた男が、どんな経緯で死んだのかを突き止めなくてはならない。アナはゆっくりとした足取りでピックアップに戻った。テールゲートを開ける際に、マルコは防水シートの一番手前の端を解いていた。解かれた部分が荷台の上で、コウモリの翼のようにパタパタとはためいている。

防水シートをめくり上げる。再びチョークのように白い皮膚に視線が惹きつけられた。よく観察すると、白い皮膚に見えたのは、死体が着ているズボン下だった。テールゲートを閉め防水シートの端を縛り直して、死体をこのまま放っておこうという考えが、一瞬頭をかすめた。そうしたほうが、すべてがずっと簡単になる。犯人はマルコなのだ。証拠は十一の死体プラス荷台の男だ。アメリカ人であれ、捜査当局であれ、もし現場捜査の任務を担当する連中がそれとは違った結論に達したら、それはそっちの問題で、こっちの問題じゃない。

もし……？

アナははっきりしないことが大嫌いだった。自分に関係があることなのに、他人のほうがそれについて詳しいなんて許せない。数学テストの評価を本人よりずっと先に知っていた教師たち。別れる理由を決して明かさなかった最初のボーイフレンド。ある暑い夏の日、妹とわたしにアイスクリームを買うと言って店に入ったきり戻らず、二人の娘を捨てて、跡形もなく消え去った母。トラックの荷台に載せられた男がどのようにして死んだのか知っている唯一の人間、マルコ。

身を乗り出して防水シートに覆われた闇を覗き込む。死んだ男は赤黒二色のランバージャックシャツを着ていて、頭部には毛皮のようなものが被せられている。頭部を確認するには、防水シートを外さなくてはならない。シートを摑み、身体を持ち上げて荷台に乗る。指で最初のストラップをしっかりと摑み、少しずつ緩める。シートがますます風を孕む。最後のストラップを緩める前に、強烈な突風が防水シートを引き剝がし巻き込んで、空中に運び去った。シートはあっという間に、降る雪と暗闇の中に姿を消した。

その突風は、マルコが気を利かせて死体の頭に深く被せていた、毛皮の帽子も引き剝がした。

見た瞬間、吐き気が襲った。

死体の頭は巨大な万力で潰されたように見えた。脳の一部が頭蓋骨から沁み出たあと、黒い髪の中で凍りついている。片方の耳が切り落とされ、凍った黒いかさぶたが露出した耳の穴から喉まで続いている。片目は頭蓋内にめり込んで、破裂したまま凍っていた。オートミールのようだった。残った目が、虚ろな視線を真っ直ぐこちらに向けている。そしてその上の額には、万力が貫通した穴が二つあいていた。

# 33

喉に刺すような酸の味を感じた。アイス・ドラゴンに来てから、吐くのは二度目だ。もう一度吐いた段階で、胃が完全にからになり、喉に上がって来るのはもう胆汁(たんじゅう)だけだった。

身体に叩き付ける風に背を向け、呼吸を整えようとする。雪に埋まったブーツを見下ろした。正常な世界はどこに行ってしまったのだ？ 無力感に心が麻痺していた。目の縁に涙が湧(わ)いてくる。

何もしたくなかった。ここにいたくなかった。どこにもいたくなかった。思い切り冷気を吸い込む。胸が痛んだ。

「めそめそすんじゃないよ、アナ！ とっとと、カラシニコフを掘り返しに行け。銃口をその醜い顔に押し付けて、しかめっ面をぶっ飛ばせばいいだろう？ それが嫌なら、さっさとやれよ、少しは役に立つことを！」嵐がその言葉を丸ごと受け止めた。言葉を発するといくらか気分が良くなり、トラックに背を向けて、ガレージに入った。

ザカリアッセンがマルコの背中に銃口を突き付けながら立っていた。マルコは今も、工具箱に両手を置き、その両手の上に腰掛けていた。アナの言いつけを守ったわけだ。ガレージ内部は風から守られていた。だが、外と同じようにひどく寒い。

〈どれどれ大量殺人犯っていうのは、どんな顔なんだ?〉

マルコのぽっちゃりとした顔をジロジロと見ながら、アナはそんなことを考えた。黒い目は蛍光色フードの影に隠れている。だが、先の尖った鬚は別として、その顔はいたって普通に見えた。

「死んでたのか?」ザカリアッセンが、ライフルをマルコの背骨に押し付けながら訊いた。その距離なら仕損じる心配はない。

マルコがアナを見た。目に、アナには恐怖の色と思えるものが宿っている。

「あの男に何をしたの?」アナが訊ねた。

「なんにもしてない。見つけたときには、ああなってた。おれはザンハイに何もしてない」黒い目が真っ直ぐこちらの目に向けられている。

「轢いたの?」

「いや、まさかそんな……機器の修理に行ってたんだ……照明弾を見て助けに行った。ザンハイは雪の上に倒れてた。おれが着いたときには死んでたんだ」

アナはリボルバーに目をやった。マルコの太ももポケットから回収したものだ。銃はマルコの後ろの床に置かれていた。ザカリアッセンがロングイェールビーンで購入したものと同じ、スミス&ウェッソン四四口径マグナムだ。マルコのリボルバーには金属部に龍の柄が金色でエッチングされている。メカニックになぜアサルトライフルとリボルバーの両方が必要なのだろう?

「ザンハイはほとんど裸だった。歩いて流氷原に出て行くんなら、まずちゃんと服を着るはずじゃない?」

「分からない……見つけたときはああだった。怖ろしい光景だった」マルコは話の要点を強調しようとして、両腕を突き出したが、それはザカリアッセンが背中に当てた銃をますます強く押し付ける結果を招いただけだった。マルコはすぐに腕を下げた。

「最初にあんたが撃った」アナは続けた。「そのまま放置して、ホッキョクグマに後始末を任せたってとこじゃない?」

「違う。ザンハイは見つけたときには死んでたんだ。武器をチェックしてくれ——発砲されていないのが分かるから。あいつはホッキョクグマに殺されたんだ」

意に反して、アナもそれが真実だと認めざるを得なかった。すでに同じ結論に達していたのだ。ザンハイという男の額にあった二つの穴はホッキョクグマの歯に噛まれた痕だ。残念ながら、ホッキョクグマがほかの殺人をやったわけがない——ナイフや危険な化学薬品、あるいは火器の扱いを習得していれば話は別だが。アナが考えていることが、ザカリアッセンの頭にも突然浮かんだらしい。

「白々しい嘘を」ザカリアッセンがノルウェー語で言った。「かわいそうに、荷台の男は逃げようとしてたときにホッキョクグマに襲われた。こいつがあの男を追っかけてた。だがクマが先に襲ったんだ」

通常、真実とは単純なものだ。

「ええ、あなたの言うとおりかも。それならわたしたちが見た照明弾の説明もつく」アナは言った。説明がつく世界に戻って欲しいと、アナは切に願った。

男が二人。殺人者が一人。

アナはハンティングナイフを手に取った。

「リボルバーをチェックして」

ザカリアッセンはかすかに不平を鳴らしながら、モーゼルを下ろすとリボルバーを手にした。銃を傾けシリンダーを出す。六発すべてが装填されていた。ガンオイルの匂いがするだけで射撃残渣(ざんさ)はない。発砲されていないか、マルコが戻る前に徹底的にクリーニングしたかのどちらかだ。

「どうして流氷原を運転できるの？」アナが訊いた。

「レーダーがある。クレバスがあったら、警告してくれる」

アナはガレージの扉の外に目をやり、巨大なタイヤを履いたピックアップを見た。

バンパーに固定された長いシャフトの先端に、黒い箱が吊り下がっている。

「仲間の隊員たちに何が起こったのか知ってる？」

「いや、何が起こったんだ？」マルコの表情がかすかに変わった。好意的に見れば、心配そうな顔にも取れるかもしれない。「どう言う意味なんだ？　何かあったのか？」

「ついて来て。散歩しましょ」


マルコとザカリアッセンの後ろについて、アナは深い雪の中をジャッキーのいるキャビンへと向かった。ザカリアッセンのモーゼルが、目の前で櫂のように雪溜まりを掻いていく。ザカリアッセンが転んでライフルを暴発させた場合の用心に、アナは二歩後ろを歩いていた。

ピックアップの横を通り過ぎるとき、ザカリアッセンは荷台にあるものを見たいという欲求に勝てなかった。死体から目を背け、マルコの背中に銃口を向けたザカリアッセンの顔は、すっかり蒼白になっていた。アナはその肩に手を置き、銃口を下げさせた。ザカリアッセンは鼻を鳴らし、アナの手を振り払うと、嵐に身を乗り出すようにしてゆっくりと一歩ずつ進んだ。


キャビンに着いた。マルコがドアの前で止まった。

「入りなさい」

ドアを開け、キャビンに入ったマルコは、ジャッキーが縛り付けられているベッドの前で立ち止まった。アナが外で大声を上げた。

「ジャッキー、この男を知ってる？」焼け付くように痛む喉が許す、ぎりぎりの大声だった。

ジャッキーは答えなかった。

「マルコを見張ってて、ダニエル」

アナはドアを通り抜け、ぐるっと回ってマルコのそばに行った。ベッドはからだった。

# 34

「ジャッキーが逃げた。マルコをここから出して――外の壁に身体をつけたまま、わたしを待っていて」アナは二人の男を外に出しドアを閉めると、太もものポケットからナイフを引き抜いた。ドア近くの隅に引っ込んで、床に腰を下ろした。室内の様子を頭に入れ、一時間足らず前の記憶にある部屋の様子と細かい点まで比較する。天井から吊り下げられているリネンキャビネットで視線が留まった。その後ろにジャッキーが隠れるだけのスペースはない。アナはしゃがみ込み、ベッドの下を見た。そこの暗闇にもジャッキーはいなかった。

ジャッキーを縛り付けていたベッドを見ると、血の沁みたマットレスの中央に、渦巻き状になった点滴バッグの透明チューブが置かれていた。ダクトテープは相変わらずベッドについていたが、先端の輪は捻られ、血に汚れていた。血がテープを滑りやすくしたせいで、手をひねりながら抜くことができたのだろう。

「傷つけるつもりはないのよ、ジャッキー。隠れる必要はないの。わたしたちは味方よ!」アナは大声で言った。

少しのあいだ待ったあと、アナはまた立ち上がった。ゆっくりと、死んだ男を包んだ寝袋の脇を通り過ぎ、ジャッキーのキャビネットまで行った。積んだ衣服の上にあったダウンジャケットとズボンがなくなっていた。ジャッキーはキャビンの中にはいない。しかし遠くには行けないはずだ。この吹雪の中、あれだけ怪我をしていれば。

アナは戸口に戻って、ドアを引き開けた。外でマルコとザカリアッセンが外壁に身体を押し付けていた。風に面していた横腹に薄く雪の層が出来ている。

二人がアナに向かって足を運ぶ。氷片が身体からぱらぱらと落ちた。マルコが目を大きくしてキャビンを覗き込んだ。

「中に戻って。ここには誰もいないから」

ザカリアッセンがマルコの背中をライフルでつついた。

男たちがキャビンに入った段階で、アナが命令を下した。「マルコには一言も話しかけない。キャビンから出さない、それだけ。わたしは外に出て、ジャッキーを探さなくちゃならない。明かりを消して、ドアをブロックして。わたしは三回ノックする。分かった? 誰も入れちゃダメ。三回ノックがあったら、それはわたし。そうじゃなかったら、迷わず撃って!」ザカリアッセンはライフルを胸に上げながら、目をぱちくりさせた。

「ドアを閉めて、三回ノックがあるまで待って」

「いいか、気をつけるんだぞ、アナ」

頭を下げて、アナはキャビンから離れた。まもなく、自分のものでもザカリアッセンのものでもない足跡を発見した。キャビンから出て庭のほうに伸びている。たどって行くと、足跡は四棟のキャビンを通り過ぎて北の境界線に達し、最後から二番目のキャビンで止まっていた。発電室だ。

ドアを開けるのに、両手を使わなくてはならなかった。歩くと足音が反響した。

「ジャッキー！」キャビンの金属という金属に反射されて、鈍いエコーが返ってくる。

「怖いのは分かってる。でも、危険な相手はわたしじゃないのよ！」アナはドアに背を向け、じっと立っていた。必要となったら、そこが脱出口となるのだ。聞こえてくるのは、発電機の単調な唸りだけだった。床の上で、何かがきらきらと光った。天井照明の反射板が床の水溜りを照らしているのだった。ジャッキーが今ここにいたのだ。これまでこのキャビンにいたのだ。

「ジャッキー！　入っていくわよ。武器も持ってる。怪我をしたくないなら、今出て来て」アナはじっと立ったまま、黙って秒を測った。百二十で、アナはナイフを構え、ためらいがちに一歩踏み出した。足元がキーと鳴った。プラスティックのフローリングが金属の格子に覆われていた。歩き出すと、蜘蛛の巣を横切っている気分だった。三台の発電機のそばまで行った。静かな唸りを上げている。単調な繰り返し音だ。小さな水溜りは一台の発電機の後ろあたりまで続いていた。耳の中が脈打っている。足元では床が唸る。アナは足を止め、耳をそばだてた。発電機の唸り。それだけだ。足跡の消えるところまで素速く移動し、発電機の後ろにさっと回り込む。そのときそれが見えた。

裏口がある。

ジャッキーはキャビン内を横切り、反対側に出たのだ。アナを足止めするための機略だ。アナは裏口に急ぎ、ハンドルを下にひねりドアを引き開けた。新しい足跡が最後のキャビンを通り過ぎ、暗闇に消えている。サブヴァバーの方だ。

「あのヤロー！」アナは駆けだした。嵐が杭打ち機さながらに背中を叩く。直立していることさえ覚束なかった。最後のキャビンを通り過ぎると、ジャッキーの足跡が急角度に曲がった。庭の方に戻って行く。

「ジャッキー！」アナは風に向かって叫んだ。吹雪の中で赤いランプが瞬き始めている。

音が風を渡って来た。

エンジンに火が入った。

# 35

吹雪の向こうで、ピックアップが高速でバックしている。リアランプが舞い散る雪を赤く染めた。エンジンの回転が上がり、ピックアップがスピンした。ヘッドライトの強烈な光に目が眩んだ。

アナは庭の中に走り出て、猛烈なスピードで迫る眩いビームのただ中に陣取った。氷の振動が足に伝わる。

「ストップ！」アナは、相手に聞こえる可能性は低いと知りつつも、怒鳴った。もう自分の姿が見えているはずだ。アナは瞬時に理解した。相手には停まる意思などまったくないのだ。アナは横に身体を投げ出し、雪に身を伏せた。

ピックアップが、射殺体のひとつを覆う雪溜まりを踏んだ。巨大タイヤの一つが少しバウンドした。赤と銀の鈍い光が見えた。リアタイヤに死体が蹴り飛ばされ氷上を転がった。死体は凍った腕を横に広げて止まった。

ピックアップがよろめきながらアナに近付いた。モンスタータイヤの巨大な直径のせいで運転席が高すぎ、ジャッキーの姿は見えない。トラックはディーゼルの排気煙を吐き出したあと吹雪の中に突き進んだ。通り過ぎるトラックを、アナは追いかけた。雪の起伏の合間から、トラックのリアウィンドウに覗くジャッキーの頭がちらりと見えた。強力なヘッドライトが前方に投げかける光輪の中で、トラックは振り子のように左右に揺れている。

車のライトが吹雪の中に消えると、赤い雪が陰影に満ちた白に変わった。それでもアナは諦めずに走りつづけた。金属と金属がぶつかり合う音が、嵐の向こうから鳴り響いた。アナはその音に向かって、速度をさらに上げて走った。やがてまた、赤いランプが見えた。トラックが妙な角度で停まっていた。ヘッドライトが空を向いている。

アナは止まった。

アナは立ち尽くした。

ハアハアという呼吸音が頭の中に聞こえる。サバイバルスーツの内側で胸が上下する。左の太ももに鈍い痛みがあった。

用心深く、アナは近付いた。

吹雪の向こうに、トラックがサブヴァバーと衝突しているのが見えた。衝撃でサブヴァバーが押され、今は燃料庫から数メートル離れていた。ピックアップの巨大なフロントタイヤが、サブヴァバーの横腹にもたれ掛かっている。屋根の一部が凹(へこ)んでいた。ピックアップの後部から突き出た一本の腕が、責めるようにアナを指していた。衝撃のせいで、遺骸が荷台の端まで投げ出されたのだ。

経験的に言って、こういうときこそ、注意深く行動しなくてはならない。生き延びようとするなら、面倒が起こったときこそ、冷静な頭脳を維持する必要がある。だが、そんなことはクソ食らえだった。トラックの運転席側に駆けつけ、ドアをぐいと開けた。ツイていた。ジャッキーが滑り落ち、雪に頭から突っ込んだ。アナの姿を見ると、両腕を上に伸ばした。

「殺さないでくれ、頼む」ジャッキーが懇願した。頬に涙が伝った。涙はすぐに凍った。一瞬だが、確かに殺してしまおうとも考えた――問題は排除しろ。自分はもうずっと前に、苦しみへの入口に踏み入った。今求めているのは、すべてが終わってほしいということ、それだけだ。今この瞬間の望みを言うなら、実家のロフトにある自分の部屋に帰って、ぼんやりと壁を眺めながら甘いロシアンティーで身体と心の寒さを払いのけること以外にない。

そして、何も考えないでいること。

「誰もあなたを殺したりしない、ジャッキー」自分のそう言う声が聞こえた。

# 36

「ぼ……ぼくは怖くって逃げたんだ……死にたくなかった」

ほとんど声にならない声だった。食堂のテーブルに突っ伏しながら、ジャッキーはぶつぶつとそう言った。そばにはアナが、ザカリアッセンとマルコとともに腰掛けていた。テーブルを照らす天井の蛍光灯が、消沈したジャッキーの頭の周囲に巨大な影を作っていた。長髪がテーブルの上にまで垂れている。アナが座っている位置からは、髪のあいだに覗く鼻しか見えなかった。点滴針が皮膚にダクトテープ留めされていた。点滴バッグから伸びたコイル状のプラスティックチューブが、かすかな音を立てている。輸液の摂取が不足すると死んでしまうと、アナがジャッキーを説得したのだ。

今は、ジャッキーとマルコがテーブルに鎖留めされていた。アナは作業棟でチェーンを一本見つけていた。ボルトカッターでそれを二つに切断してそれぞれの足に巻きつけ、これもたまたま見つけた南京錠を使い、二人を繋げる恰好で留めた。テーブルの脚もキャビンの床に丈夫な釘(くぎ)で固定してある。

これで中国青年たちには逃亡のチャンスはなくなった。アナはアメリカ救援チームが到着するまで、二人を訊問する計画でいた。殺人犯たちに自白させるのだ。アイス・ドラゴンで何が起こったかを突き止めるまで、諦めるつもりはなかった。

マルコがジャッキーに鋭い口調で何か言った。理解できない中国語の意味をアナは推測した。〈おれのトラックを壊しやがって！〉

マルコはサバイバルスーツの中で、身体をもぞもぞと動かしながら、怒りに眉を寄せジャッキーを睨みつけた。ザカリアッセンはアナの隣の椅子に腰を掛けていた。両手で水の入ったコップを摑んでいる。指に力が入ると皮膚のたるみが伸び、拳に生えた白っぽい毛が光の中で震えた。

ジャッキーはマルコの非難に応じず、ただ足元を見つめた。

ザカリアッセンも、サブヴァバーのダメージを調べるやいなや、怒り心頭に発していた。「これでアメリカ人と交信ができなくなった。衝突でアンテナが完全にダメになったんだ。溶接しなけりゃどうにもならん」ザカリアッセンは、それがまるでアナの落ち度であるかのように睨みつけてきた。

「わたしのせいだって言うの！　こいつにビンタしなさいよ、それで気が晴れるなら」アナはジャッキーを指差して言った。ザカリアッセンはただぶつぶつと呟き、落ち着きなくあたりを見やった。中国人二人には目を向けなかった。

「二人ともわたしの言うことを信じて。あなたたちを殺そうとは思ってない。でも、とんでもなく大きな問題なのよ」アナは言った。「なにしろ、あんたたちの同僚が五人死ん……殺されたんだから」

マルコとジャッキーが同時にアナの方に顔を向けた。二人とも警戒している様子だった。ひょっとすると、恐怖心を抱いたのかもしれない。

「残りの隊員も……不幸なことに……亡くなった。事故だったのかもしれないけど」

ジャッキーが、何を言われたか理解できないというふうに、目をぱちくりさせたあと、がっくりと頭を垂れた。身体が震え始めていた。声を抑えて涙を流している。隣にいるマルコの目には恐怖の色が浮かんでいた。アナはマルコの反応を見極めようとした。二人のうちどちらが犯人だろう?

「どうして?」マルコが訊いた。「仲間はどうして死んだんだ?」

「凍死だ」ザカリアッセンがぶっきらぼうに答えた。「あるいは、誰かがそう仕向けたのかもしれんがね」ザカリアッセンがアナの隣でテーブルに身を乗り出した。「本館のタワー上にタンクがあるが、中に何が入ってる? そもそも、あのタンクだが、何に使ってるんだ?」

マルコの下唇が震えた。落ち着こうと努力をしている。マルコの息遣いと湿った服をこする音が、ジャッキーの泣き声とともに聞こえた。

ザカリアッセンがライフルを手に取ると、テーブルの上に下ろし、マルコの胸を銃口でつついた。

「答えるんだ。あのタワーの目的はなんだ？　中に何が入っている？」

「秘密なんだ」やがてマルコが言った。「それについて話すことは許されてないんだ。司令官に厳命されている」

「その人はもうあなたの司令官じゃない」アナが言った。「ここの人はみんな死んだ。あなたがた二人以外はね。残念だけど、こう結論を下さざるを得なかった——あなたがた両方あるいはどちらかが、隊員の死に関係があると」アナは自分の冷静な口調に驚いた。

マルコが苛立ったように頭を振った。滲み出た涙をすぐに手で拭う。感情を抑えるのに苦労しているにちがいない。

「いや」マルコが言った。「基地を出たときには、みんな生きていた。おれはなんにも知らない」

「どうして基地を出たの？」

「機器の一つが作動しなくなったんだ」

「なんでその機械は基地内にないんだ？」ザカリアッセンが訊いた。

マルコは、質問の意味が分からないとでも言うように、つるっとした額に軽く皺を寄せた。

「その機器は極端に敏感で……干渉を避けるためには基地から遠く離れたところに設置しなくちゃいけないんだ」

「どんな機器だ？」教授が訊いた。

「磁力計だよ」マルコが渋々答えた。「地球磁場の変動測定は、アイス・ドラゴンの任務の一つだから」

「しかし、それはごく一般的な機器だ。ここの何がその機器に干渉するんだ？」

マルコは頭を抱えた。「おれはただのメカニックだ。命令に従うだけだから」

「つまり、あなたはその……磁力計とかいうものが作動していないから、現場まで車で行って修理しろと命令された、ってわけ？」

「バッテリーに問題があったんだ……なにしろアメリカ製だから」頭を抱えた両手が邪魔して聞き取りにくい。

「分かった。で、基地から車で出掛けたときは、みんな生きてたのね？」

「ああ、最後に話したのはホン大佐だった……司令官さ……気をつけて行くように言われた」

「それからあなたは車で出掛けて、バッテリーを交換した？」

「ああ……いや」マルコは顔を上げた。目が涙で曇っている。マルコは目の前で突っ伏しているジャッキーに目をやった。ジャッキーは顎を胸につけている。まるで寝入ってしまったかのようだった。「でも、現場に着く前に……照明弾を見たんだ」

「照明弾を見て、どうしたの、マルコ?」アナは質問疲れしていた。出来の悪い探偵番組に出演しているような気分だった。

「基地に連絡しようとした……でも応答がなかった」

「おかしいと思わなかったの?」

「いや、オーロラのせいだと思ったから」マルコが短く太い指を天井の方に振ってみせた。「オーロラは無線にすごく干渉するんだ。当然、そのせいだと思った」

「流氷原にまったく一人でいて、基地とも連絡を取れない。そういう状況で、氷原をドライブして照明弾の方に行こうとしたわけか? 氷の裂け目やクレバスだらけだと知っているのに? それも一人で?」ザカリアッセンの口調は疑念に満ちていた。

「トラックにはレーダーが搭載されているんだ。ゆっくり運転すれば、危険なことはない」マルコはやや頭を上げた。ヤギ鬚が丸みのある顎から顔を出した。自慢気だった。「中国製レーダーは最高なんだ」

アナの視線がジャッキーに注がれた。相変わらず突っ伏しているが、泣き止んではいる。「ジャッキー、協力してくれる? 撃たれたとき何が起こったか、今なら何か思い出せない？」

ジャッキーが頭を上げた。頰には涙の跡が残り、目が充血している。

「いや、ぼくは眠っていて……音がして目が覚めた……パンッという音だ……いきなり部屋に誰かが現れた。でも暗くて何も見えなかったんだ。大きな音がして……怖ろしい痛みを感じた……そのあとたぶん、気を失ったんだと思う。ほかになんにも憶えてないから」途切れ途切れの言葉だった。息を整えるために言葉を切っていた。ひどい痛みがあるのも確かだった。「目が覚めたときは、なんの物音もしなかった……出血していて……ぼ……ぼくは大声で助けを呼んだ……グァンが隣にいたけど……死んでた」

　アナの見たところ、確かだと思えることは一つだけだった。五人の人間を殺した男と、凍った人たちの禍々(まがまが)しい死のおそらく背後にいる男は同一人物だ。そして、それは今、目の前に座っている二人のどちらかなのだ。ジャッキー——見知らぬ顔のない男に撃たれたと主張するこの貧弱な男。あるいは、マルコ——みんなが殺されたときにアイス・ドラゴンにいなかった唯一の理由が、バッテリーの不具合のせいだと言い張る、冷静沈着な仏像のような人物。だが、この謎を解くのに、天才の頭脳は要らない。なぜなら、ほかに被疑者は絶対に存在しないのだから。

「マルコを連れて行って」アナは言った。

ザカリアッセンが、混乱した表情でアナを見た。「わたしが……？」

「ええ。ほかのキャビンに連れて行ってちょうだい。ジャッキーとだけ話したいから」

# 37

アナはジャッキーをじっと見つめた。椅子に腰掛けていた。二人を隔てているのは、テーブルだけだった。ジャッキーは、アナを見たり、部屋のどこかに目をやったりしながら、ときどき目にかかった髪を払おうと手を上げた。呼吸は速いが安定している。小動物の速い鼓動のようだ。ジャッキーの手を見る。小さな手で、指が細くて長い。

沈黙を破ったのはジャッキーのほうだった。「何が知りたいの?」

「あなたが誰か知りたい」

「名前はジャッキーだ」

「ほかの名前もあるはずよ」

ジャッキーの目が再び部屋をさまよい出し、やがてアナのところで止まった。今は、どこか挑戦的な色がある。

「いろいろ質問してくるけど、あなたはいったい誰なんだ?」

「言ったでしょ……わたしはアナ・アウネ。ノルウェー人よ」

「警察の人?」

嘘をつくべきかと思ったが、代わりに半分だけ本当のことを言った。「いいえ、わたしはノルウェー軍の人間……軍人よ」

「兵士なのかい?」

「今質問してるのはわたしのほうよ、ジャッキー」

唇が一本の細い線になった。目から表情が消えた。涙が一筋頬を伝ったが、ジャッキーは拭いもしなかった。

「痛むの?」

「何が起こったか、考えているんだ……なぜ仲間は殺されたんだろう?」

また涙がこぼれ落ちた。だが、今はアナの目を真正面から見つめている。アナは自分が最低の女になった気がした。

「ジャッキー、わたしだってあなたと同じで、今回のことは憎んでも憎みきれない。でも、あなたとマルコだけなのよ、生存者は。もし今回のことを解く鍵があったなら……それを与えてくれるのはあなたたち二人だけなの」

ジャッキーは目を瞬かせ、ゆっくりと涙を拭った。「ぼくが仲間を……殺したと考えているのか?」

「何も考えてないわ。わたしはあなたの名前と、基地で何をやっているかを知りたいだけなの」

ジャッキーは手を見下ろしたあと、爪についた見えない何かを取ろうとした。

「名前はシェン・リー。データ技術者だ」

「この頃じゃ、データが仕事だって言うのは、息をしてるって言うようなもんだわ。どんなデータを扱っているの？」

ジャッキーの口から、いきなり、はっきりとしたアメリカ英語の言葉が流れ出した。

「ぼくは地質学の修士号を持ってる。専門は遠隔探査……つまり……衛星、ソナー、遠隔測定法、地震学を動員して、地質学的データを収集することだ」

「まあ、すごいわね、ジャッキー。中国のどこで勉強したの？」

「修士号はＵＣＬＡで取った。世界有数の大学だ。中国人で入学を許される人間はほとんどいない」

「どこ出身だろうと、ほとんどいないわ。わたしなんて絶対無理」アナはジャッキーに微笑みかけた。相手と信頼関係を確立することが、何より重要なのだ。何時間もかけた訊問が、ようやく実を結ぼうとしていた。

「研究対象っていっぱいあったと思うんだけど、どんな経緯で地質学を勉強することに？」

「親父が鉱山を持ってた……岩に囲まれて育ったんだ。親父はぼくが地質学者になって、事業の跡を継いでほしいと考えてた」

「でも現在あなたは……北極にいる？」

ジャッキーの目が再び部屋を眺め回した。

「親父が死んじゃったから」

ジャッキーの話し振りから、そのあたりのことを追っていくのがいいように思えた。

「なるほど――おかあさんでは、鉱山経営を続けられなかったわけね」

部屋をさまよっていた視線が、アナに戻った。挑戦的な色もまた、戻った。

「ぼくは箇旧市で育った……雲南高原にある町。中国では〈錫の町〉って呼ばれてる。百年以上、山から錫を掘り出してきたから。でも、今は誰も錫なんて欲しがらない。錫に未来はないって悟ったその日に、別の道を歩もうって決心したんだ……で、親父の希望に逆らって、北京工業大学で理論数学を学んだ。でも……新年を祝おうと箇旧に戻る前に……実家が焼けてしまったんだ。両親はその火事で死んだ……」感情と戦うジャッキーの声が弱々しくなっていく。「天罰だと思う……親父の言いつけを守らなかったから。それで……そのあと……ぼくは上海の華東理工大学の地質学科に出願したんだ。クラスで二番になって、幸運なことにアメリカで研究するための奨学金をもらった。卒業後はアメリカの大会社からいくつもオファーがあったけど、ぼくは中国に戻ったんだ。生きてたら、親父がそれを望んだだろうと思ったから。そのあとだよ、ここで働く機会がめぐってきたのは……で、北極で働くことになった。親父の記憶に敬意を払ってね」

涙の奥で、目がぎらぎらと光っていた。

# 38

「本名はジェン・ヒー……でも、それはもうおれじゃない。みんなマルコって呼ぶから。子どもの頃、マルコ・ポーロがヒーローだったんだ」

アナと二人きりになるや、マルコの口から言葉が溢れ出た。相手の訊きたいことを推測して質問の先回りをしてやろうという顔つきで、アナを見ている。

「あなた中国人でしょ——なのになぜイタリア人がヒーローなの？」

「四分の三だけ中国人。じい様はチベットの坊主だった」

「へえ、そうなんだ。でも仏教の僧侶には、子どもを持つことが許されなかったかと」

「中国がチベットを侵略した。でもじい様は一九五九年のチベット蜂起に参加したせいで投獄されて、僧侶として生きるのを禁じられたんだ。それで貿易業者になって中国中を旅したあげく、ばあ様に出会って落ち着いた」マルコは手を組んで天井を見上げた。「ところで、マルコ・ポーロはイタリア人じゃないぜ。ベネチア人だよ。ベネチアは千年ものあいだ、独立共和国だったんだ」

「オーケイ、マルコ……わたしがどれだけ無知か、あなたに暴かれちゃったってわけね、あなたのヒーローについて……とそれから、イタリアについても」

マルコが微笑んだ。「いつか、マルコ・ポーロの〈わだち〉を追うつもりなんだ」

「あなたなんにつけ細かい点まで気にする人だから言うんだけど、ちょっとだけ訂正させて……〈わだち〉じゃなくって〈足跡〉って言うのよ、その場合。あなたはマルコ・ポーロの足跡を追う、の」

「いんや、中国からベネチアまでモーターバイクで行くつもりだから、〈わだち〉でいいんだよ」マルコは声を立てて笑った。

「この基地で何をしているの、マルコ？」

額に小さな皺が現れた。

「仕事のこと？……アイス・ドラゴンでどんな仕事をしているか、って意味だな？」

「そのとおり」

「おれはメカニック……ものを作ったり……直したり」

「この基地を建造したチームに参加してたわけ？」

「ああ、参加はした……でも最初はもっとずっとたくさんいたから……みんな雪龍で来たんだ」

「雪龍?」

「中国最初の砕氷船だよ……〈スノー・ドラゴン〉って意味だ」

「つまり、〈スノー・ドラゴン〉で来て〈アイス・ドラゴン〉を建設したと?」

「そうだ。ほとんどは上海であらかじめユニット製造されてた……それでもすべての建物を設営して、装備を整えるには数週間かかったよ。アイス・ドラゴンは北極最初の中国基地だから、すべてがちゃんとしてなくちゃいけなかったんで」

マルコはまたアナに微笑みかけた。

「マルコ、ここで何が起こったのか、心当たりはない?」

マルコが手を握り締めた。拳の皮膚が伸びた。

「いや、車で出て行ったときは、まったく異状がなかった」

「そのとき隊員たちは何をしていたの?」

「もう寝てたやつもいたけど、科学者連中はまだ働いてたな」

「どうしてそんなに遅くまで働くのかしら?」

マルコが肩をすくめた。

「早いも遅いも、ここじゃ関係ない……遅くまで働くときもあるし、そうでないときもある……なぜかは分からないけど」

「科学者たちが何に従事してたかは分かる?」

マルコは組んでいた両手をほどき、テーブルの上に置いた。「あんまり教えてくれないからなあ。おれはただのメカニックだし」

「それじゃ、少しでもいいから知っていることを話して」

また両手を組んだ。「アイス・ドラゴンの任務は、北極を調査することだ。おれたちは氷と宇宙線を測定してる」

「なぜ？」

つるんとした額に、また皺が現れた。

「なぜ、ってどういう意味だ？」

「なぜ中国は北極に巨大基地を建設してまで、他の国の多くがとっくに調査したことを改めて調査してるの？」

マルコの顔に初めて、苛立ちの表情が現れた。「おれたちにはここにいる権利がないと？ アイス・ドラゴンにいる人間は全員、国に仕えるために隊員になったんだ」

「中国はおじい様を母国から追い出したんでしょ。国につくしたいなら、あなた、どうしてチベットに行くんじゃなくて、北極に来たの？」

マルコは指を組み直し、遠くを見つめた。「チベットは中国だし、おれは中国人だ」

さらに質問してみたものの、どういうわけでアイス・ドラゴンの隊員が殺されることになったのか、そのことを理解する助けになるものは何もなかった。アナはザカリアッセンとジャッキーをキャビンに連れ戻した。

「何か見つかったか？」ザカリアッセンがノルウェー語で訊ねた。

「これといったものはない。ジャッキーはひどい怪我をしてるし、事件に最もショックを受けた人間に見える。マルコはちょっと摑みどころがない。ほとんどのことに関して、普通とは違った見方をするみたい。でも、二人とも精神的に不安定な人間には見えないわ。二人とも志願してここに来たし」

アナは二人の男を見た。ザカリアッセンがアナの視線を追った。「どちらにも大量殺人者になるのに相応しい理由は見当たらない。ま、相応しい理由なんてあるわけないか」

「確かに。だが、もし推測でもいいっていうんなら、わたしはマルコが怪しいと思うね。ジャッキーは見つかったときには撃たれていたんだ」ザカリアッセンが言った。

「マルコはトラックでどこからともなく現れた。それも荷台に死体を載せてだ」

「そこのところは同意。マルコはメカニックだから、本館の設備に破壊工作を仕掛けるだけの知識を持っているかもしれないし」

「で、これからどうする？」

アナはマルコとジャッキーを見た。ほかの可能性は考えられない。二人のうちのどちらかが、殺戮の背後にいるはずだ。アイス・ドラゴンの生き残りはこの二人しかいないのだ。他の隊員は全員死んでいる。それが真実であると信じたかったが、偏執的思考が徐々に頭をもたげてくる——〈基地にいた人間が十四人だったということに、お前は確信を持てずにいるのだ〉。アナは英語に切り替えた。「司令官のことだけど、部屋はどこ？」

マルコがちょっとためらったあと答えた。「おれとジャッキーが寝てるキャビンのひとつ手前だ」

「ここで見張ってて、ダニエル。ちょっと調べ物に行ってくるから」

ザカリアッセンが混乱した表情でアナを見た。「どこへ行くんだ？」

「すぐに戻るから」

ザカリアッセンにそれ以上質問するいとまを与えず、アナはドアの外に出た。

外に出ると、嵐が摑みかかってきた。だが、ゴーグルをつける時間も惜しかった。風は前ほど強くはなかったし、遠くまで行くわけでもない。ガレージの手前に並んでいるキャビンに向かって庭を歩く。以前には気付かなかったものが目に入って来た。小さな雪の山がひとつ、本館のガレージに面した壁際にある。そしてそれと接する恰好で、何かが壁にそって突き出していた。小さな出入口がある。

本館には出入口が二つあるのだ。

司令官のキャビンに入る。会議用テーブルが、一方の壁に寄せられた状態で置かれていて、テーブル上方の壁から北極の衛星写真を用いた大きな地図が吊り下がっていた。地図のあちこちに点々と印がある。ペンでの書き込みや、小さな中国国旗だった。アイス・ドラゴンがこれまで漂流した地点をマークしたもののように見える。線書きで示されているコースは街で一杯やった酔っ払いの帰宅ルートのように見える。ドアの隣には分厚い黒のフレームに入った写真が掛けられていた。笑顔の男が胸を勲章で飾った茶色の制服姿で立っている。これが司令官だろう。

司令官室は大きな屏風で仕切られていた。中国の風景画だ。大河に出た漁師たち。小舟に乗って立っている。背景には円錐状の山頂。屏風を回り込むと、きちんと整えられたベッドがあった。シーツの上には、赤い星がついた革の帽子。ジャッキーの部屋にあったものと同じキャビネットが二つ、ベッドの奥に吊るされている。司令官はアイス・ドラゴンでただ一人、小さなプライバシーを享受していた人物だ。ベッドサイドテーブルの上には、銅製のトロフィーのようなものがあったが、アナにはそれが自分の持っているサモワールの親戚であることが分かった。そのポットが載っているテーブルには、三段の抽斗がついていた。マホガニー製のようで、すべて鍵が掛かっている。思い切り二回蹴ると錠が壊れ、綺麗に整えられたベッドの上に高価な木片が降りかかった。

一番下の抽斗に、まさに探していたものが入っていた。

# 39

アナは食堂棟に戻った。最初マルコは、アナが差し出したものに手を触れたがらなかった。

「ホン司令官の私的なファイルだ」マルコはたじろいだ様子だった。「機密書類だよ」

「中国の国家機密を暴露しようなんて気はない。わたしはただ誰が誰なのか知りたいだけ」アナは素っ気なくそう言うと、ベッドサイドテーブルの抽斗で発見した隊員名簿を、マルコの両手に押し込んだ。

マルコはファイルを親指でめくった。その表情は不安半分、好奇心半分というところだった。全員が記載されていた。写真と活字での記述がある。司令官は、それぞれの個人記録の裏にメモを書き込んでいた。

ファイルの真ん中あたりに行ったところで、マルコは自分の写真を指差した。「ジエン・ヒー、マルコ。おれだよ」

埃を被った記憶の片隅から、昔、情報機関のブリーフィングで聞いたことが転がり出た。中国人の名前では、常に姓が先に来る。また、成人の場合、外国人が発音しやすいようにと、西欧風のニックネームを持つことも稀ではない。

ジェン・ヒー、またの名マルコはページを裏返しにすると、なくなった司令官がつけたコメントを読んだ。

「司令官はけっこう……おれに満足してたんだ」マルコは少年のような微笑みを浮かべると、自分が善人であることの証明であると言いたげに、その書類をアナに見せた。「それはよかった。これからすごくむずかしい仕事を二人でやるわけだから。お願い、がっかりさせないでよ」

＊

戻って来る前に、アナはマルコのキャビネットも調べてきた。犯人かどうか分かるようなものを見つけようとしたのだ。すぐに分かったのは、マルコがサッカーフリークだということだった。読むものといえばサッカー雑誌ばかりという感じだった。赤いペナントと同色のスカーフがロッカーの扉に掛けられていた。ワシの頭の輪郭が赤地に印刷され、その上にＳＩＰＧ ＦＣの文字とともに、漢字でチーム名らしきものが書かれていた。

キャビネットの底に、本が二冊あった。一冊はBMWモーターバイクの整備マニュアル。最初のページに見憶えのある、クラシックバイクR一二の写真が載っていた。二冊目は一冊目ほど簡単には理解できなかった。どのページをめくっても、技術的図表ばかりで、表紙は高層ビルの写真だった。本の上に嗅ぎタバコの缶が載っていた。半分ほど残っている。この中国人はどうやらスカンジナビア人から悪習を学んだらしかった。

プラスティックの箱があって、それにはゲーム機とおぼしきものが入っていた。開けてみると、小さな画面にポーンが並んでいた。どうやらマルコはチェスをやるらしかった。プラスティックの箱の底には、トランプが二セットと札束が一つあった。アナは束になった十ドル札を数えた。あのメカニックは二千ドル近くを北極に持って来たのだった。

マルコが死体の一つから雪をどけている。アナは安全な距離を取ってそれを見守っていた。ナイフの入ったポケットはファスナーを下ろしてある。襲いかかろうとしても、こっちは瞬時にナイフを手に取ることができるのだ。鋼の刃が風を突き抜け、瞬きする暇も与えず胸に突き刺さるだろう。

さっき外に出たときには、嵐は収まりつつある様子だった。しかし、あれは単に、北極が気まぐれに呼吸を止めたにすぎなかった。今、キャビン周辺は強風の真っ只中にあり、プラスティックと金属で出来た掘っ立て小屋を楽器に見立てて、ハリケーンがシンフォニーを奏でている。オーケストラの繰り出す騒々しい金属音がアナの心に押し入り、やっとたどり着いた論理的思考が断片化された。断片の一つひとつはくっきりとした輪郭を持つものの、互いに関連付けることができなくなったのだ。

アナはマルコの言っていることを聞くことにだけ、集中せざるを得なかった。マルコは風に背を向けて立ち、庭に埋められた死体ひとつの頭から雪を取り除いている。うつ伏せの死体を仰向かせるのに少し手間取った。

細い顔が見えた。「ヤン・チュン・リーだ」マルコは死体を落とすと、慌てて後退った。まるで死が伝染するのを怖れているかのようだった。

「どんな仕事をしてた人？」

「リーは基地の保安責任者だった」

これで死人の顔に驚きの表情が浮かんでいることの説明がつくかもしれない。背中を撃たれるというのは、チュン・リーにとって北極での死に方としてはまず考えにくいものだっただろう。

ダウンジャケットの下にはTシャツだけ。長いズボン下を穿いていて、大きなスノーブーツが凍った脚から脱げかかっている。何事かに目を覚まし、ジャケットを羽織

った だけの姿で外に向かった。脅威に遭遇するとは考えていなかったのだ。

隣にある雪の膨らみには、胸を撃たれた男が埋まっていた。マルコはその男が、コックの一人、デリ・デニアンだと確認した。三人目の死体は、ジャッキーが逃走を企てた際に轢いたもう一人のコックだった。その死体は巨大タイヤによって埋められていた位置から数メートル蹴り飛ばされていた。マルコは損傷の激しいその死体を掘り出すと、一目見るや顔を背けた。

「ジン・フーだ」マルコが言った。あまりに情けない声で、風に掻き消されほとんど聞こえなかった。アナは死体のそばに寄り観察した。ジン・フーの頭は、グロテスクだった。肉が粉砕されてぐちゃぐちゃになっている。額は複数のタイヤに踏み潰され、耳から脳が流れ出ていた。タイヤ痕が泥濘(でいねい)化した灰色の物質にくっきりと残っていた。

吐き気がしたが吐くものがなかった。アナは深呼吸した。空気が肺に流れ込んでくる。マルコが死体に背を向けて立っている。表情を窺うこともできず、この怖ろしい光景にどんな反応を示しているかは分からなかった。犯人だったとしても、この光景には嫌悪を示すものだろうか？　マルコがアナに向き直った。

「フーのカミさんは妊娠してた。父親になるのを楽しみにしてたんだ」

マルコがそこにじっとしたまま、アナを見た。アナは黒い目がじっと見ているのに気付いたが、何を言っていいのか分からなかった。

「この人たちはどのキャビンに？」やがてアナは訊ねた。

「フーとデニアンは、オレやジャッキーと同じキャビン。チュン・リーは科学者たちと一緒で、ホン司令官の宿舎から一つ先に行ったところだ」

身元確認行脚の次なる目的地は、コンピュータが多数設置されたキャビンにあった死体だった。マルコは部屋の奥まで入るまでもなく、死体がシステムアナリストのチアンだと確認した。この男の仕事は科学者たちが使う高速コンピュータの運用だった。チァンは殺されたとき一人で起きていた。おそらく、急襲されたのだ。ほかの者たちはベッドで眠っていたところを、何事かに起こされてみんな同時に外に出たのだ。アナは再び外に出た。このキャビンと本館との距離はほぼ二十メートルというところだった。十二時間ちょっと前に照明弾を見たとき、風は強くなかった。もしチァンが殺される前に、事故が起こったのならそれに気付き外に出たことだろう。とすると、チァンが最初の犠牲者にちがいない。しかし、ほかの者たちに関してはどうだろう？　眠っていた男たち。その連中をベッドから出した原因はなんなのだ？

怒鳴り声？

悲鳴？

いや違う。男たちは大きな黄色い本館に向かって、怖がることもなく歩いている。

武器も持たずに。

誰かが声をかけたのだ。殺人者が。アナは本館に目をやった。あそこで、そこまで興味を惹くような、どんなことが起こったのだろう?

## 40

マルコが黄色い本館のドアを開けた。凍った男は四肢を床に凍りつかせたまま今でも同じ場所にいた。

「司令官だ」マルコが死体を丹念に調べたあと言った。短いが永遠とも思える時間だった。「コ・ホン大佐だよ」

アナは大佐の宿舎にあった微笑みを浮かべた男の写真を思い浮かべた。凍った男の顔を見ることは、床に寝転がり、身体の下に潜り込まないかぎり無理だった。アナには、そんなことをするつもりは毛頭なかった。

「軍事基地でもないのに、なんで軍司令官がいるのかしら？」

マルコはいつもの摑みどころのない表情を浮かべて、再びアナに視線を向けた。

「よく分からない……ホン大佐は何べんも探検をしたことがあるって聞いたことがある。経験豊富なんだ」

「入って」

アナは内部の暗がりを指差した。マルコは司令官にぎこちなくお辞儀をすると、おどおどと暗闇に歩み入った。

「気をつけて。氷で滑るから」アナは大声で言った。だがマルコは言われる前から床の氷に気付いていて、足を上げず摺り足で進んだ。凍った池でスケートをする育ちすぎた子どものようだった。

アナは吹き込む風雪を背に受けながら戸口に留まっていた。反射仕様のスーツを着ているせいで、マルコには、手にしたフラッシュライトを切ったところで、暗闇の中に隠れることも消えることもできない。

マルコのフラッシュライトが最初の男を照らし出す。マルコが立ち止まった。落下してきた水の中で凍りついている男だ。市井の英雄を讃える中国式プロパガンダが生んだグロテスクな彫像のようだった。アナは司令官の手を踏みつけぬよう、用心深く足を踏み出し中に入った。マグライトの光が男の頭を覆う霜に反射した。

マルコが、口から白い息を吐きながら言った。「な……何が起こったんだ？」

「あなたになら分かるんじゃないかと期待してたんだけど」

マルコはアナをじっと見つめるだけだった。しびれを切らしたアナは乱暴に手を振り、マルコを急かした。

「凍え死にたくないなら、急がないと」アナは隊員名簿を手渡した。「この男の名前は？」

マルコがページをめくった。寒さで強張った紙が軋むような音を立てた。マルコが一つの顔を指差した。地味な顔立ちだがハンサムだ。カメラに向けた顔は真剣そのものだった。

「ユンチン……シァト。エンジニアだ」

「で、この二人は？」

アナは、霜のついたコンピュータの前で椅子に座ったまま硬く凍りついている二人の男に、マグライトを向けた。マルコは摺り足で前に進み、二人の男に近付いた。

「コンと……ガン」

「二人もエンジニア？」

マルコが頷いた。

「あれは……リー・デミン」マルコが、床の氷に半分埋まった状態で横たわっている男を指差した。「リーさんはソフトウェア・エンジニアだった。ここに来る前は、大躍進宇宙計画（グレート・リープ・フォワード）で働いていた。とても重要な宇宙開発プログラムなんだ。中国は火星に宇宙飛行士を送る最初の国になるはずだ」マルコは自信ありげに、黙って頷いた。議論の余地なし、という感じだった。「リーさんはすごいインテリだったんだ」

「重要な宇宙開発プログラムに取り組んでいた人が、なんでまた北極で燻ることになったのかしら？」

マルコはただアナに目を向けただけだった。マルコには、自分の言い分に対してアナが疑問を持っていること自体、理解できないのだ。中国に関して知らないことを並べたら、万里の長城より長い書棚が必要だ、と言おうと思ったがそんな時間はない。

「北極は中国にとって、ものすごく重要なんだ。氷が融けたら、中国の貨物船は今より短い航路でヨーロッパへ行けるようになる。貿易、経済、それに国家成長の役に立つ」暗記で叩き込まれたような言葉だった。

アナは死体に歩み寄った。リーの顔は、半分氷に埋もれていた。目は一つだけ氷から出ている。それだけ見ると、特に利巧そうな印象はなかった。だが、死というものは、人にそんないたずらをするものだ。

アナ自身、それを見たことがあった。病気だろうと怪我をしていようと、とりあえず生きている人間、知り合いの誰かを抱いている――そう感じた次の瞬間、その人の目に――例外なく目に――変化が現れる。瞳から何かが失われるのだ。活気を失って動かないガラス玉になってしまう。信心深い性格なら、魂が逃げていったと表現するかもしれない。いずれにせよ、生命が持つ力のようなものが失われてしまうのだ。

生気が。

知り合いだったその人間は、もう存在しない。死に至っては、身体は腐りゆく内臓を収めた肉の袋にすぎない。リーはいくらか幸運なほうだっただろう。このソフトウエア・エンジニアの場合、すぐに腐っていくことはないから。

頭が割れたまま凍りついた男が誰であるかは、マルコにも特定できなかった。死体は凍りついた滝から片腕を突き出していた。その腕の下にある割れた頭蓋を目にすると、マルコは回れ右してドアの方に大慌てで走って行った。アナは行くに任せた。マルコは外に出るや嘔吐した。

アナはじっと立ったまま、マルコが落ち着きを取り戻すのを待った。通路内側から見る光景は、グロテスクな死の一幕(ひと)だった。四つん這いになった司令官。その向こうから聞こえるマルコの苦しそうなうめき。断崖(だんがい)に砕け散る波のごとく、死体に吹き付け、纏わりつく雪片の死装束。その死体は悲惨な存在だった。いつなんどき崩れ吹き飛ばされ、融けゆく北極の海底深くで、忘却の闇に消え去ってしまうともかぎらないのだ。

マルコは吐くものがなくなると、立ち上がった。三人の死体が埋もれている庭の方を見つめている。今も手に持っている隊員名簿を見下ろしたあと、ゆっくりと振り返った。真上にあるフラッドライトがマルコの顔に暗い影を作っている。マルコの目が暗闇で細まった。

風の咆哮に負けぬ大声で、マルコが叫んだ。

「一人、所在が分からない。基地にいない隊員が一人いる」

# 41

隊員は十五人、十四人ではなかった。洗濯スケジュールリストに頼った段階で、すでに間違っていたのだ。

「不明なのは、ロク・イエフェンかヤオ・ランポ、そのどちらか」

アナは食堂に戻ると、司令官のファイルをザカリアッセンに手渡し、特定できない二人の写真を指差した。

「つまり、二人のうちの一人が、探している犯人である可能性があるわけ」

老人は辛そうな表情で写真をしげしげと見つめた。「なんと。この事件には終わりというものがないのかね？」

ロク・イエフェンは目立ちたがり屋タイプに見えた。口元を歪めた笑顔に薄い口髭。髪はオールバック。ヤオ・ランポはそれと正反対だった。坊ちゃん刈りにした頭髪は、一本に繋がりそうな両眉のきっちり上で切り揃えられている。鼻は扁平で、顎は大きく角張っていた。プロボクサーのような風貌だ。

アナは写真を凝視した。どちらが犯人なのだ？　二人の頭を砕いて、滝の中で死んでいた男の割れた頭と比べたかった。だがそれはできない相談だった。アナはマルコを見た。今はアナが冷蔵庫で見つけたペプシ・コーラをむっちりした指で摑みながら座っている。死者たちの身元確認をおえてからというもの、蒼白い顔をして押し黙ったままだ。

「マルコ、最後の犠牲者が分からないって間違いなく確かなこと？」

マルコは目を落とし首を振った。

「イェフェンの仕事は何？」

「エンジニア……兼パイロットだ」

「で、ランポは？」

ジャッキーの柔らかい声が割り込んだ。「ランポは……ぼくと一緒で、データ技術者だよ」

ジャッキーは背を伸ばして座っていた。顔色もいくらかよくなっている。点滴が効いてきているか、あるいは、アナとマルコが外にいるあいだにザカリアッセンが渡したキットカットのおかげだろう。外に出るときは必ず、ポケットにチョコレートをしこたま詰め込むのが、ザカリアッセン流なのだ。血糖値が下がったときにチョコレートは——本人の言い方によると——〈ヨロメキ〉を抑えるのだそうだ。どんな理由によるものかは知らないが、サブヴァバーを破壊した男に対するザカリアッセンの態度が改善されたように思える。

「ランポが本館にいるって、普通のことなの？」

「ああ、当直だった。ぼくと交替でやる」ジャッキーは同意を求めるようにマルコに目をやった。マルコは何も言わなかった。

アナはザカリアッセンを見た。が、その反応はと言えば、「この話の狙いはなんなんだ、女性刑事殿？」とでも問いたげな視線を向けただけだった。

アナは質問を続けた。

「ランポかイェフェンに何か特別なことは起こらなかった、この……事件の前に？二人のどちらかに、どんなものでもいいけど、奇妙な行動はなかったかしら？」

マルコがジャッキーをちらりと見やるのを、アナは目の端に捉えた。ジャッキーは、ただ膝に目を落としている。まるですべての答はそこにあるとでも思っているようだった。

「ああ」ジャッキーが静かな口調で言った。「ランポは言ってた……司令官を殺したいと」

ザカリアッセンの身体がぴくりと動いた。

「司令官を殺したがっていたと？」声が上ずっていた。「どうしてもっと前に言わなかったんだ?」

ジャッキーは相変わらず膝に目を落としていた。

「このことについて、あなたは何か知ってる、マルコ?」アナが訊いた。マルコがまた肩をすくめた。

「ホン司令官はランポに不満だった……ランポのせいで研究が遅れているって」いつものように考える間を取ったあと、マルコが言った。

「そうなの。研究が遅れるって、どうしてだろ?」

「分からない……おれはただのメカニックだから」

疲れで血走ったアナの目。黒いマルコの目。二人の視線がぶつかった。光を反射するマルコの瞳がトンネルの入口にも見えた。そこから掘り進めば、際限なく隠された秘密の扉を開けられるかもしれない。北極の不安定な氷の上でトラックを運転するときに、あえてチャイコフスキーを流すような男が、〈ただの〉何かであるわけがないのだ。

「でもあなた、ランポが司令官を殺したいっていうのを聞いたんでしょ?」アナは続けた。

マルコはまたジャッキーを見た。それ以上言うべきかどうかの判断を求めているかのようだった。

「みんな聞いてた……ランポは酔ってたんだ……迷惑だった」

「オーケイ……ランポは飲みすぎて司令官を殺してやると脅し文句を言った。なぜかというと、司令官が自分の仕事ぶりについて文句を言ったから、ってことでいい？」

「まあ、そんな感じかも……」

「感じかも、って……」アナはまるでザカリアッセンのように甲高い声を上げた。アリバイはあるし掴みどころはないしで、この二人を訊問するのは、石から血を抜こうとするのと変わりなかった。「単純明快に言ってくれない？　ランポと司令官のあいだに何があったの？」

「ランポは無礼だったんだ」マルコが答えた。

「あなたたち二人に対して無礼だったってこと？」

「いや、そうじゃない。ランポはいい奴だった……おれたちのためにジャズを弾いてくれたし。ランポの親父って上海では有名なジャズピアニストなんだ。毎週、フェアモント・ピース・ホテルで演奏してるんだ。外灘（ワイタン）の古い橋のすぐ隣にあるホテ——」

話が逸れる。アナはすぐにそれを遮った。

「父親の話なんてどうでもいいの。わたしが知りたいのは、なぜランポが、司令官を殺すなんて脅し文句を吐いたかってこと」

マルコは苦々しい顔をして言った。「ランポは司令官に対して無礼だったんだよ」

「でも、どんな点で？　無礼なことって、ランポは何をしたの？」

マルコはテーブルの下に目をやり、靴の先を見下ろした。

「断ったんだ、司令官の……犬を散歩に連れて行くのを」

洗濯リスト仮説の問題に気付くのが遅すぎたのだ――飼い犬を自分で散歩させないような男が、自分で洗濯をするものだろうか？

# 42

窓の外を見るたびに、フラッドライトの外周から広がる闇が近付いて来ているように見えた。この闇が常軌を逸した危険な男を隠している。闇は、泡を取り巻く水のように、基地に圧力を加えていた。アナとザカリアッセンもまったく同じように、閉じ込められている状態だった。基地に留まれば、北極中で最も目立つターゲットになる。何キロ先からでもはっきりと見えるだろう。が、徒歩で逃げれば、まず間違いなく嵐に命を奪われる。ジレンマだった。何か重要なことを見逃してしまったという感覚が、アナを苦しめた。だが、それがなんなのかは、なかなか把握できないでいた。

アナはノルウェー語でザカリアッセンに話しかけた。

「さてと、これまでに死者十一人の身元を確認した。それにプラス一人、母親にも確認できないような死体がある」アナは言った。「ベテランの病理学者でもあの死体には頭を悩ませると思うわ」

ザカリアッセンは司令官の隊員名簿を、写真を見ずに、ぱらぱらとめくった。この老人は死というものを、妻子や希望や夢がある、自分と同じような――いや、かつての自分と同じような――現実の人間と関連付けたくないのだ。ザカリアッセンは妻をガンで亡くした。そして今、妻のソルヴェイグは教会の磨き込まれた墓石の下でダニエルを待っている。

「つまり、本館にいた最後の男は、エンジニアか……ランポってことになる」

「そうだ」ザカリアッセンが、ファイルを閉じながら言った。

「そしてランポは本国に送り返されることになっていたわけね」

「この二人の紳士を信じるならばな」

ザカリアッセンはジャッキーとマルコを見やった。ジャッキーは椅子にぐったりと座り込み、マルコは、動物園の珍獣を見るような目で、アナたちをじっと観察している。

中国人は面子(メンツ)を重んじ、不祥事を認めたがらないと言われる。だがアナは、ようやく、マルコからランポに関しての正確な話を聞き出した。初日からコ・ホン大佐は、アイス・ドラゴンでうまく行かないことがあるたびに、ヤオ・ランポをスケープゴートにしたのだった。

ランポは長身でがっしりした体軀(たいく)の、やや不器用なタイプの男だった。そこにいるだけで人目を惹く人間であり、また下っ端のデータ技術者だったため、司令官にとっては、スケジュール遅れの責任が科学者たちにあった場合でも、科学者の一人を血祭りに上げるより、ランポを相手にしたほうが無難だったのだ。科学者たちは選りすぐりのエリートで、アイス・ドラゴンでのミッションに備えて何年も準備してきた。科学者を敵に回したら、司令官の地位を追われるおそれがあるのだ。中国軍には交替要員となり得る大佐なら何千といる。

ランポが受けた恥辱の中で決め手となったのが、大佐の飼い犬を散歩に連れて行くよう命令されたことだった。シベリアン・ハスキーの孫子（スンジ）は、司令官自慢の犬だった。一年前、司令官はこの犬とともにグリーンランドの氷床を渡ったのだ。天気のいいときには司令官自ら、短い距離とは言えスンジに橇を引かせた。風が強いときにはその橇にパラグライダーを繋げて氷の上を飛び、スンジが吠え声を上げながら一緒に走った。

毎朝五時に起きて犬を散歩させ、基地の敷地を最低三周させる日課をおえるまでは解放されない日が一週間続いたあと、堪忍袋（かんにんぶくろ）の緒が切れた。医務室から外科用アルコールをひと瓶失敬したランポは、朝までべろんべろんに酔って過ごした。

翌朝早く、アイス・ドラゴンの隊員は物音に叩き起こされた。耳をつんざくような甲高いトランペットの音だった。寝ぼけ眼（まなこ）でドアを開けた隊員たちは、ランポがジャズトランペットを持って司令官宿舎の前に立ち、普段仲間を楽しませているデューク・エリントンの陽気なメロディではなく、ほとんどそれと分からないほどひどく調子っ外れな、中華人民共和国国歌『義勇軍行進曲』を吹いていた。

ホン大佐が目を覚ましキャビンのドアを開けると、ランポはトランペットを大佐の胸目がけて放り投げ、この独裁者の暴君野郎、おれの生活を滅茶苦茶にしやがって、殺してやる、と怒鳴った。さらに、泥酔状態のランポはズボンを下ろし、司令官の足元の雪に小便をかけたが、そのあいだもずっと、調子っ外れの口笛を吹いていた。ホン大佐は、もちろん、怒りを爆発させた。ランポは勾留(こうりゅう)され、次の補給機で本国に送還されることになっていた。

「これですべての辻褄(つじつま)が合うな」ザカリアッセンが言った。「何かが弾(はじ)けて、キレたんだ。事件の背後にいるのはランポで間違いないだろう。不名誉な形で本国に送り返されることになっていたとするなら」

アナはジャッキーとマルコを見た。ほんの束の間だが、あとは救援を待つだけ、どちらが隊員殺しの真犯人かの究明は警察に任せればいい、と思っていた。だが今はすべてが無に帰し、アナが関与できる機会は奪われてしまっていた。基地での残された時間は、アメリカの救援チームと大量殺人者との勝負になるだろう。

# 43

「あなたたち、ランポがどこに向かったか、心当たりはない？」アナはマルコとジャッキーに訊ねた。二人は顔を見合わせた。

「本国じゃないか？」マルコがようやく口を開いた。

「中国に戻る方法が、ランポに見つかると思うの？」

「司令官の犬がいない。ランポがスンジを連れて行ったんじゃ？　食料と雪除けを載せた橇を引かせるために」

アナは作業棟に橇があったのを思い出した。「基地にはいくつ橇があるの？」

二人がまた顔を見合わせた。「覚えてない」ジャッキーが言った。「少なくとも一台はある」

「犬がいようといまいと、北極から歩いて行こうってのは正気の沙汰じゃない」ザカリアッセンが言った。

マルコがいきなり笑いだした。身体を小さく揺らしながら、ブリキ缶から転がり出たビー玉のように、コロコロと笑っている。「そりゃそうだ。ランポがみんなを殺したとするなら、実際あいつは正気じゃないってことだから」

アナとザカリアッセンの表情を見て、マルコの顔から笑いが消えた。サバイバルスーツの中で身体をもぞもぞと動かしながら、視線を逸らす。

ランポは北極を歩いて横切ろうとはしないはずだ。この天候下では、本格的な探検装備をしていないかぎり、単独で生き延びることなどできない。犯人は自分たちがやってくるのを見て逃走したのだ。生き延びようとすれば、選択の余地はない。一人だが、武器は持っている。完全武装と言っていい。武器のうちの一つが光学式照準眼鏡（テレスコピック・サイト）付きであるだけで、嵐が静まり次第、自分たちの命は危険に晒される。スナイパーが暗闇に身を隠す方法なら熟知していた――それもターゲットから数百メートルも離れた地点で。

アナは一番近い窓に歩み寄り、外を見た。嵐に衰える気配がないことが、今は嬉しかった。庭では、激しい雪が機銃掃射のように降りすさんでいる。

「外の照明はどうやって消すの？」

またも、二人からはなんの返事もなかった。

「なによ！　あんたたち分かんないの？　嵐が去ったときにフラッドライトがついたままだったら、あんだけ人を殺したやつの恰好の的になっちゃうのよ！」

共通の敵に対して協力して戦おうと説得するのは、妙な気分だった。なにしろ、ほんの三十分前まで、この二人は被疑者だったのだ。アナはハンティングナイフを引き抜き、テーブルの、自分とマルコのあいだに置いた。ナイフの刃先は、相手の太鼓腹に向けられている。

「マルコ、これからわたしと二人であのフラッドライトのスウィッチを切りに行くのよ」

マルコを先に、二人はよたよたと本館に向かった。降りしきる雪のせいで、ほんの二、三メートル先を見るのがやっとだ。正しい方向に向かっていることを示すものは、フラッドライトの光が徐々に強くなってくるという事実だけだった。本館の壁が見えたとき、アナは恐怖を感じ始めた。もう一度、あの怖ろしい部屋を通り抜けなくてはならないのだ。しかし、マルコは進路を変え建物の側面に向かった。凍りついた指揮官が死者たちを見守っている通路からは離れたところだ。

アナは絶えず周囲に目を配りながら歩いた。正気を失った大量殺人犯がどこかに潜んでいるかと思うと、全身の筋肉が緊張する。前を見ると、マルコの姿が消えていた。足跡も角のあたりで消えている。襲いかかってくるつもりか？　アナは壁から少し離れると、ポケットからナイフを引き抜き、構えながら角を曲がった。が、マルコがいるのは、そこではなかった。建物の向こうの端に、その姿がかろうじて見えた。

「落ち着け、この臆病者」アナは呟き、マルコの方に向かって雪溜まりを重い足取りで進んだ。マルコは片手を振りながら、もう一方の手を壁に向かって伸ばしている。先刻見た細いドアのハンドルを摑んでいる。その震動でドアフレームから雪がごっそり滑り落ちた。建物内部から光が漏れ出て、マルコの顔を照らした。アナは突然、自分が何を見落としていたか、何を忘れていたかを悟った。

「入っちゃダメ」

アナはマルコの方に走った。マルコはドアを放し、短い両腕を上げると、アナのナイフを見て後退った。

「フラッドライトのスウィッチが……この中にあるんだ」マルコが言った。ドアに黄色のサインがあった。漢字で何か印刷されているが読めない。だが、その下には、高圧を表す国際標識があった。

「中に何があるの？」

マルコは嵐に目をやった。「サーキットブレーカー、照明関係のスウィッチ、それに……まあいろいろ……」

アナは当たり前のことを見逃していた自分を呪（のろ）った。基地最大の建物なら、複数の部屋があって不思議はないのだ。

その言葉が怖ろしいものを予感させるように、心の中で爆ぜた。アナはナイフを動かして指示した。「バカなことはしないでね、マルコ。ゆっくり、なるだけゆっくりドアを開けて」

「いろいろって？」

マルコは素直に従った。改めてハンドルを握ると、ドアをそっと開けた。アナは中を覗き込んだ。内部は明るく照らされていた。太いコイル状ケーブルとコードが、天井から部屋の中央に垂れ下がっている。ケーブル類は、積み重ねられた二つの大きな金属製ケースの陰に消えていた。上のケースにはコンピュータが置いてある。奥の壁の長さから判断して、部屋の幅は六メートルだった。出入口の幅はせいぜい一メートルしかない。したがって、外壁に関して言えば、ドアの左右はそれぞれほぼ三メートルというところだ。

これでランポの居所が分かった。

# 44

　戦争は人間を駒に使ったチェスだ。勝つためには、圧倒的戦闘力がないかぎり、時にはある駒を犠牲にする必要が出てくる。アナには駒が二つある。自分とマルコ。優先順位ははっきりしていた。

「回れ右して後ろ向きで戸口を抜けて」アナは命令した。マルコは明るい部屋の中を見つめた。逆らうと思ったが、マルコはいつものように肩をすくめただけで、アナに目をやると、ドアに背を向けたまま後退し始めた。

　アナは注意深くマルコに続いた。戸口のやや横よりに位置を取る。ランポが部屋に隠れていた場合の用心だ。こうすれば自分を発見するのにいくらかは手間取るだろう——マルコを撃ったあとに。

　ドアフレームの影がマルコの顔にかかった。マルコが真正面からこっちの顔を見ている。悪魔のようなヤギ鬚の上で、口角が吊り上がっている。歪んだ笑顔だった。マルコが摺り足でさらに進む。怖ろしい考えが脳裡をよぎった。もしマルコが犯人なら、自分の知らないことを知っているだろう――武器を隠した場所とか。

「ストップ！」

アナはしゃがみ込んだ。マルコは後ろ向きに歩きつづけている。

「ストップ！」

ハンティングナイフの刃が、素速く指のあいだに挟まれた。腕が投げる構えを取る。マルコとの距離は四メートル。投げようか？　マルコは明らかにそう考えたと見え、立ち止まった。

マルコは入口から二メートルほどのところに立っていた。ランポが壁際に隠れているとしたら、恰好の的になる。降りしきる雪を隔てて、マルコの立っている場所を凝視する。マルコが見返してきた。

「誰かいる？」

マルコが静かに首を回し、ケーブル類と金属ケースに目をやった。

「いや」

〈マルコとランポが共犯だったら、どうなるだろう？　自分は罠に踏み込もうとしているのか？〉

ナイフを構えた腕が震え始めるのを感じる。マルコは不慣れな部屋に立ち尽くしたまま、次の指示を待っている。

アナはポケットに手を入れ、携帯電話を取り出した。

「受け取って」

電話をマルコに向かって投げる。電話は白い床に着地し、二、三回転したあとマルコの足元で止まった。

「部屋全体の写真を撮って」

マルコは電話を見下ろし、そのあとアナを見た。

「なぜ？」

アナは、これが見えないのと問うように、ナイフを振って見せた。「言ったとおりにして。すぐ写真を撮りなさい」

マルコは手袋を外し、腰を曲げて携帯電話を拾い上げた。撮影するたびに、フラッシュが眩しく光り、網膜に残像が残る。アナは目を逸らした。雪が顔を打ち、その雪の結晶が融ける間もなく風に吹き飛ばされる。ガレージがどうにか見える。今も扉が開いていた。アナはふと思った――中にトラクターが停まっていた。あれを使ってアイス・ドラゴンを脱出できるだろうか？　あの小さな運転台に、何人が乗れるだろうか？

「ほら」

マルコが電話を投げ返してきた。電話は音も立てず一メートル前の雪の中に消えた。

片手の手袋を外し画面を押す。マルコが撮った画像をスワイプしていく。冷気が指先を嚙んだ。ドアのどちらの側にも、殺人者の姿はなかった。

携帯電話が死んだ。

北極がバッテリーの寿命を吸い尽くしたのだ。また手袋をした。指先が痛んだ。アナは部屋の中に入った。嵐から出た途端に身体に温もりが戻った。正面を向いたままドアを閉める。風の音がくぐもった喋り声のようになった。断熱材を使った壁が音を遮断するのだ。

最初に気付いたのは、断熱パネルを貼っただけの急拵え（きゅうごしら）の壁が、隣の部屋との仕切りになっていることだった。凍った死体があった部屋だ。外から見えたケーブル類は、天井にあいた通風口のような暗い穴から降り、金属ケースの向こう側を通って、氷を掘削した大きな穴の中に再び消えている。

アナはマルコの脇を通り過ぎ、氷の穴に近付いて観察した。何も見えない。真っ黒な穴の表面には、自分の影が映っているだけだった。表面の水には、冷気のせいで通常数分で出来る軟氷がなかった。天井から吊るされた強力なヒートランプのおかげで、氷点よりだいぶ高い室温を保っているせいだ。

首筋に何かが垂れてくるのを感じて、アナは見上げた。滴（しずく）はケーブルが出ている天井の穴から落ちていた。ケーブルは穴の出口から数メートル上がったところで輪郭を失い、暗闇で揺れる灰色の塊の中に消えている。ふと頭に浮かんだのは、自分が今、あのタワーの内部を見ているのだ、ということだった。スプレーペイントで描かれたアイス・ドラゴンの絵が縛り付けてあるタワーだ。マグライトのスウィッチを入れ、穴の中を照らした。灰色の塊はタワーの構造材に付着した氷だった。その氷と隣の部屋にある氷の滝とは、おそらく同じところから来ている。顔に滴が当たった。アナは瞬きした。

見ると、壁のパネルが凹み、天井の穴の下に大きなシミがある。隣の部屋にいた人々を殺した液体は、この部屋にも溢れたのだ。ヒートランプのせいで、氷が融けたにちがいない。

アナは金属ケースの上に置かれたラップトップに歩み寄った。軍隊にあったごついタイプによく似ている。全天候対応耐衝撃型だ。コンピュータの隣に、ラッカー塗装された箱がある。開けてみる。チェスボードだった。長いこと陽に当たっていたかのように色褪(いろあ)せている。駒は質素で、安物の木材から切り出されたものだ。黒と白の代わりに、中国製のこの駒は、黄色と赤に色分けされている。際限なく続く勤務時間の合間に、暇つぶしをするための一つの方法だろう。ラップトップの画面は暗かったが、ブルーライトのスクリーンセーバーが作動している。スリープモードなのだろう。

「これ、なんのために使うの？」

「エンジニア連中が使う……機器の制御をするときに……水中の機器を」マルコが言った。アナが何を見つけるのかを怖れてのことか、あるいは部屋が隠しているものを知っていて、それを暴いてしまうのが怖いのか、マルコは相変わらず同じところに立っていた。

アナは奥の壁に顔を向けた。大きな金属製キャビネットが三つ、壁にぴったりとくっついている。近付くとブーンという低い音が聞こえた。

配電盤だ。

「フラッドライトのスウィッチはどれ？」

マルコが指差した。「右端のキャビネット」

アナはキャビネットの扉を開けた。サーキットブレーカーが一列ずらりと並んでいる。

「左から二番目のがフラッドライト」マルコの言葉に従い、アナはそのスウィッチに手を伸ばした。埃の焦げたような匂いがした。一瞬アナの手が止まった。マルコに目をやる。まだ同じ位置にいる。キャビネットについて、自分の知らない何かをこの男は知っているのだろうか？

「こっちへ来て、正しいスウィッチを見つけて。ここでミスっていられないから」

マルコは、天井の穴もラップトップも見ずに、部屋を横切った。キャビネットのところまで来ると、マルコは大きなサーキットブレーカーの一つに手を伸ばし引き下げた。

世界が闇に落ちた。

# 45

周囲に漆黒の闇が降りた。その部屋がそもそも存在しなかったかのようだった。足元の床が消えた。網膜でホタルの光が明滅した。頭の中でひっきりなしに血管が脈打つ。アナは手を突き出した。その手がマルコの顔をしたたかに打った。アナはそのままマルコの襟元を摑んだ。

「動かないで」

ブーンという不快な音が闇を満たし、続いて緑のライトがドアの上でパッとついた。部屋が生まれ変わった。アナはあたりを見回した。何も変化はなかった。誰も入っては来なかった。

「あのスウィッチはフラッドライト専用じゃないの？」

相変わらず、マルコは感情を表さなかった。

「基地の発電機は……やや信頼性に欠けていて。フラッドライトはめちゃ電気を食うんで、もしかすると……」マルコは真ん中のキャビネットに手を伸ばした。目で許可を求めてくる。アナが頷いて一歩退がると、マルコは扉を開けた。ブレーカーのいくつかが落ちている。マルコがそれらを戻すと、天井のライトが一瞬ちらついたあと復旧した。

「これまでフラッドライトを全部消したことはないんだ……発電機が電流を減らし損なったんだと思う……電圧が急激に高くなりすぎたせいで、他のブレーカーが下りたんじゃないかな」自分の説明に満足したらしくマルコは頷いたが、急に表情が変わった。アナは冷たい微風が首筋を撫でるのを感じた。振り向くとジャッキーの蒼白い顔が暗闇から現れた。戸口でぴたりと止まったあと、よろよろと前に進み、後ろを歩くザカリアッセンに促されて部屋に入って来た。

「アナ、何がどうなってんだね？　わたしらのキャビンの電気が落ちたぞ」ザカリアッセンは初めての部屋を見回した。「ここはどういう場所なんだ？」

「あとで話すわ、ダニエル。時間がないの。どんな場所か調べるから、そのあいだ外に出て見張りをしてて」

「だがなぜ――」

「いい？　犯人が近くにいるなら、フラッドライトが切られるのを見たわけでしょ。わたしが犯人なら、一か八かここに来るわよ。だから、ジャッキーをここに置いて、わたしが行くまで外で見張りをして、お願い」

老教授が、一人外で立っていることを嫌がっているのは明らかだったが、それでもジャッキーを部屋のさらに奥まで押しやると、外に出て行った。ジャッキーはダウンジャケットを羽織ったまま、床の氷にあいた穴の前に取り残された。ジャッキーは、なるだけジャケットが身体を覆うように背中を丸めた。

「いったいこの場所はなんなの？」アナが訊いた。「ここで何をしてるの？」

マルコがあたりを見回した。今まで見たことがないかのように、部屋の中のものをじろじろと見ている。

「リサーチだよ」マルコが自慢気に言った。「重要な問題についてだ」

「重要な問題って、どんな？」

「北極が融けているだろ。それは重要なことだ」

アナは頭に血が上ってくるのを感じ、努めてゆっくり呼吸するようにした。

「ここの上にあるタワーにタンクがあるでしょ。思うんだけど、ここのケーブルって」アナは霜のついた二本の太いケーブルを指差した。コイル状のケーブルは細めのリード線と鋼のワイヤと絡む恰好で、氷にあいた穴に入っている。「タンクと関係があるんじゃない？」

「おれはただのメカニックだから」マルコが言った。「リサーチについちゃ秘密なんだ。そういうと、科学者たちはあんまり話してくれないし――」

マルコが悲鳴を上げた。アナが思い切り蹴り倒したのだ。マルコはホッケーのパックのように、氷上をくるりと回った。

「あんたたちはここでどんなことをしてるの？　言いなさいよ、言えったら！」アナは大声で言った。

「海底で鉱物資源を探してるんだ」ジャッキーが言った。

マルコがジャッキーを中国語で怒鳴りつけた。だがそれを黙らせるには、アナが片足を上げて見せるだけでよかった。ジャッキーはケーブルのところに行った。頭を上げ、暗い穴を見やる。

「窒素だ。液化窒素……タンクに入っているのは。調査機器を冷却するために使ってる」アナは氷の穴を見下ろした。

「ここは北極よ。まんまでじゅうぶん冷たくない？」

「大気はね。でも海底となると話は別なんだ。海の中は零下三度より下がらない。ぼくたちは最新型の機器で鉱物を探してる。中国の発明品だよ。超強力な地中レーダーさ。こいつが猛烈な量の熱を発生させるんだ。液化窒素で冷やさないと、機械自体が溶けてしまう」

ジャッキーはラップトップに歩み寄った。

「いいかい？」

ジャッキーがアナを見た。アナは頷いて同意を示した。ジャッキーがキーの一つを押し、スリープモードを解除すると、スクリーンにライブ映像が現れた。様々な角度から強い光を当てられた直方体の箱が映っている。細長い魚が光線をゆっくりと横切っていく。映像は海底から届いたものだった。厚さたった一・五メートルの氷のおかげで、水深四千メートルの深淵に落ちずにいるのだと考えると、不安が頭をもたげる。

「あの箱がぼくたちの地中レーダーだ。隕石探査のために開発された」ジャッキーが続けた。「だが、宇宙では冷却装置は不要なんだ」

「つまり、それでロケット科学者がここにいた理由の説明がつくわけね」

「ああ、エンジニアのリーさんが発明したものだ」

「でも地中レーダー自体は別に新しいものじゃない。なのになぜ、秘密にしておこうとするわけ？」

「デンマーク、カナダ、ロシアそれにアメリカ合衆国だけが、北極の資源から利益を得る権利を持っている。中国は世界人口のほぼ五分の一を抱えているんだ。ぼくたちが蚊帳の外っていうのは、不公平じゃないか」

アナは腰を折り、スクリーンに顔を近付け、箱が実際どれほど大きいのかをイメージしようとした。箱後方の海床に何本か筋がついているのに気付く。ちょうど、キャタピラーがつけるような跡だ。

「オーケイ。でもリサーチすること自体は違法でもなんでもない……」その言葉が終わらないうちに、外から銃声が聞こえた。

# 46

大口径ライフルの発砲音だった。一瞬ののち、長い咆哮が聞こえた。

「ここにいて！」アナはジャッキーとマルコに向かって怒鳴ると、外に駆け出た。外で起こったことが何であれ、それを怖れて二人が部屋に留まってくれることを願った。負荷のかかりすぎたアナの脳は、すでにフラッドライトが切ってあることを忘れていた。アナは何も考えず真っ暗闇に突進した。夜の闇にすっぽりと包まれたまま雪に身を投じ、じっとしたまま聴き耳を立てた。身体に雪が積もる。目が闇に慣れてきた。

ザカリアッセンの姿はどこにも見えなかった。

両脚を使って氷の上で円を描くように身体の方向を変えて、ザカリアッセンを見つけようとする。キャビンの窓から漏れる明るい光の周囲は、まったくの暗闇だった。フラッドライトのない状況で、アナは北極に包まれていた。中国人が建造したこの基地、文明の小さな出張所は存在するのをやめた。今やこの凍て付く世界は、その本質をあらわにしていた。

氷。雪。酷寒。夜。

闇の中を動くものがあった。アナは注視した。その影は窓の前にふらふらと出て来て、今は降る雪の向こうでシルエットになっている。アナは雪に覆われた身体を手探りしてなんとかサイドポケットのフラップを開け、ハンティングナイフの柄に触れた。手にナイフを持ったまま匍匐（ほふく）前進する。窓の前にいる人影には光が当たっていたが、暗闇にいるアナの姿は見えていない。

「アナ！　出て来てくれ！」

甲高い声が正体を明らかにした。アナがほんの数メートル先で真正面に立ち上がると、ザカリアッセンが跳び上がった。

「なんだそこにいたのか。びっくりさせないでくれ」

「発砲したのはあなた？」

「ああ」

風のせいで声がほとんど聞こえない。ザカリアッセンが嵐の中、懸命に声を届かせようとしているのだが、アナはそのままの場所でそっぽを向いて聞いていた。

「何があったの？　本館の外で見張りをしててって言ったのに」

ザカリアッセンの息が上がっていた。吐く息の水分が氷柱になって、スキーマスクの口あたりから下がっている。

「見張りはしてたさ、本当だ。だがそのとき……何かがやって来るのを見たんだ。ホッキョクグマだと思った。あっちの方だ」ザカリアッセンは明かりのついた窓を指差した。「真っ直ぐ自分の方にやって来る感じだったが、はっきりとは見えなかった。こいつは命が危ないと思って……だいたいの場所を狙って撃ったんだ」

「あの吠え声はそれ？」

「ああ、信じられないことに、命中してしまった。だがあれはクマの吠え方じゃない……」

顎先の氷柱が震えた。「犬のようだった。だから持ち場を離れたんだよ。かわいそうに、このあたりで血を流して死にそうになってるんじゃないかと心配してな」ザカリアッセンは気落ちしたように頭を振った。「見つからなかった。逃げたにちがいない」

「ここにいる犬といえば一頭しか知らない。シベリアン・ハスキー……司令官の犬だけ」

ザカリアッセンは頷き、目を落とすと雪を蹴り上げた。「ああ。たぶんそいつだろう。気の毒に、食べ物とねぐらを探して来ただけなのに、撃たれちまうなんて。なんてことだ」

アナは、罪悪感に苦しむその表情ではなく、その先に広がる闇を見ていた。アナたちは北極の闇に隠れている。それは相手にも言えることだ——あの闇のどこかにいるのだ。「マルコとジャッキーが言ってたわね——ランポが犬を連れて行ったかもしれないって。陸地まで橇を引かせるつもりで」

ザカリアッセンがライフルに目をやり、銃身の雪を拭った。

「ばかげた意見だが、仮にそんなことをしようとしたとすると、犬が逃げたってことかもしれんな……人殺し野郎は氷の上でくたばってるんじゃないか」

「だといいけど」アナは振り返った。どのキャビンに目をやっても、その先は見えない。ただ氷の存在と、その冷たさを感じるだけだ。

ここは人間の住む場所ではない。サハラ沙漠でさえ、もう少しは人に優しい。以前モロッコで休暇を楽しんだとき、ラクダで沙漠を行くのにトゥアレグ族の二人をガイドとして雇った。青い服を着た二人は、実に驚くべき方法を駆使して、ほとんど失敗することなく水を発見した。それでもうまくいかなかったときにはラクダに任せた。ラクダが地面を嗅ぎ嗅ぎ、砂の下にある水源まで連れて行ってくれるのだ。一方、氷は氷以上のものではない。掘ったところで、温もりに達するわけではない。融ければ飲めるが、熱源はどこかほかのところから持って来なくてはならない。そして、その熱が尽きたとき、氷が人間を打ち負かすのだ。

アナは諦めた。暗闇に目を凝らしたところで、何も見つかりはしない。そんなことをするぐらいなら、冷え切った四肢が温まるようなことをしたほうがいい。

「希望的観測だけじゃ、ここを出ていけない」アナは言った。「さっさとトリップフレアをセットしましょ。あなたが本館の中で見張りをしながら……中国人たちが本当にやっていたことを突き止めてくれるんなら、トリップフレアのセットはわたしがやってくる。みんなが殺されたことと中国がここでやっていたことのあいだには、関係がある気がするの」

ザカリアッセンは本館に突き出たタワーを見上げた。暗闇と舞い散る雪のせいで、タワーはほとんど見えない。「我々がやっていたこととそう変わらないんじゃないか。連中は大金持ちだから、ずっと大規模な実験ができたってだけのことだろう」

「どうかしらね。ジャッキーの言うことを信じるなら、そんなレベルの話じゃなくて、もっとずっと大きなことよ。科学者たちは鉱物資源を探していたって言ってた。レーダーだかなんだかを、海底に降ろしてたって」

「レーダー……だと？」ザカリアッセンは、声がよく聞こえるようにと、アナの方に身を乗り出した。

「ええ、でもわたしじゃなんのことか分からない。あなたが話をするのが一番よ」

考えてばかりいることには、もう飽き飽きしていた。一つでも二つでもいい。身体を使うようなことに集中する必要があるのだ。優先順位第一位――生き延びること。

# 47

メカニック、マルコは物覚えがよかった。

本館の部屋にザカリアッセンとともに入っていき、マルコを連れてトリップフレアを取りに行った。仕組みを説明し、設置法を実演する。

次のトリップフレアは、マルコがまったくの自力で設置した。考えてみると、とんでもない図である。大量殺人の犯人かもしれない男が、もう一人の犯人かもしれない男に備えて罠を仕掛けているのだから。

アナとマルコは吹雪の中、基地をぐるりと回るように作業を続けたが、やがて指が動かなくなり、爪先が痺れた。そこで二人はホバークラフトまで重い足取りで向かった。衝突したピックアップが今も機体にのし掛かっていた。ヘッドライトがサブヴァバーを照らしている。暗闇に浮かぶ不吉なモニュメントを見るようだった。アナは一石二鳥を狙うことにした。トラックは役に立ちそうだ。パワーがもつかぎり放棄しないほうがいい。

「あなたのピックアップで温まりましょ」アナは風に負けぬ声で怒鳴った。助手席側に歩いて行って、手を伸ばしドアを開ける。マルコはステップに上がったが、そこで止まって荷台の死体を見つめた。

「ザンハイはどうしようか?」

「今は何も。一番近い葬儀屋までで、八千キロある。救援が着く前に腐ることもないし」マルコの顔に浮かんだ表情を見てすぐに、アナは言ったことを後悔した。「ごめんなさい。疲れで変になってるの。ザンハイはあとで動かしましょ」

アナは早く乗るように急かした。マルコは開いたドアをくぐって車に乗り込み、運転席に座った。ドアを閉めるとすぐに、静寂が支配した。窓を覆う厚い雪の層が防音材の役目を果たして、風の叫びを遮断してくれる。運転台はヘッドライトの反射に照らされていた。ドイツの病院で医者が見せてくれたエックス線写真のような、冷たい灰色の光のようだった。

「左鎖骨に射入口。複雑骨折した骨盤左半分に弾丸がありました。鎖骨、坐骨に部分的破砕、それに組織、腸に広範囲の内部損傷があるけれども、肺は無事……神々がきみに微笑んでくれたんだよ」アメリカ人医師たちがこう告げた。よく分からなかったが、理解できたことを繋ぎ合わせれば、つまり、残念なことに、銃弾が胴体を引き裂きましたよ、ということだった。自分の求めはただ一つ、モルヒネを身体に満たしてくれということだった。忘れるために。ヤンに起こったことを忘れるために。

自分の欠けた耳朶を、マルコが見つめていることに気付いた。まるでそこからこちらの考えていることが漏れ出てくるとでも考えているような目つきだった。マルコがフードを後ろに下げ頭を出した。顔についた雪片のせいで、白い化粧をしているように見える。何年も前、東京の名も知れぬ裏町で、熱い茶と燗酒を出してくれた女性がいたが、その人がしていた白塗りの化粧に似て見えた。

「エンジンをかけて、マルコ」

マルコがステアリングの隣にあるボタンを押した。エンジンが息を吹き返した。かすかな音しか聞こえない。サブヴァバーの屋根で、無線アンテナが倒木のように横たわっている。ワイパーが動き出した。フロントガラスに、完璧な半円を描く。

「ここから下に降ろさなきゃ」アナが言った。マルコが半信半疑の様子でアナを見つめた。「ホバークラフトからってこと――トラックをバックさせてホバークラフトから降りられる?」

マルコがシフトレバーを引き、バックに入れた。トラックはホバークラフトの外殻をこすり、ガチャガチャと音を立てたが、やがて降りきって雪に落ちた。巨大なタイヤが、衝撃のほとんどを吸収してくれた。父親の小さな釣り船に乗っているときのような感じだ。海で波に打ち付けられると、ちょうどこんなふうになる。トラックがバックしてサブヴァバーから離れた。ホバークラフトは予想よりずっとダメージが少なかった。砕けた窓の上にある屋根は大きく凹んでいるものの、それ以外には損傷がないように見える。アナは心に留めた――ザカリアッセンに頼んで、エンジンに合うスペアのホースが作業棟にないかチェックしてもらおう。サブヴァバーがここを出るための唯一の手段であることは、今も変わらないのだ。満タンなら少なくとも二日は飛行できる。それだけ移動できれば、グリーンランドの海岸にかなり近付けるはずだ。

アナは腕時計を見た。三時少し前。午前？　午後？　どちらにせよ、アメリカの救援ヘリは数時間前に着いているはずだった。空を見上げる。しかし、激しい雪のせいで何も見えない。最新鋭ナビゲーション機器と、暗闇を白昼の明るさに変える暗視ゴーグルを用いても、おそらくこの嵐には太刀打ちできないだろう。暖房の吹き出し口に指を当てる。指先に血が回り始める。痛みを伴う心地よさがあった。

マルコはギアをニュートラルに入れ、手を膝に置くとダッシュボードに貼りつけた模型のロケットを見つめた。機体上下にある球体に仕込まれたライトが、青、紫と交互に色を変える。ミニチュアのオーロラという感じだった。

「フロントガラスの前にそんなものを置くなんて、運転中にものすごく気が散りそうだけど?」会話を始めようという気はさしてなかったが、暖気のせいで睡魔に襲われるのもまずい。

「親父からのプレゼントなんだ。オリエンタル・パールは幸運をもたらす」

「おとうさん、宇宙旅行に興味があったの?」

「親父はエレベーター係さ。オリエンタル・パールで働いてる」

アナはロケットをよく見た。機体に二つ小さな穴があいている。窓だ。

「建物の模型、これ?」

「そう、なんだと思ってたんだ? オリエンタル・パールを知らないのか?」マルコは傷ついた様子でアナを見た。「上海で三番目の高層建築だ。親父は建築作業員のために竹で足場を組んだんだぜ。それで開業したとき、エレベーター係の職を得た。高いところを怖がらないって理由でさ」

エレベーター係が高いところを怖がらないことにどんな利点があるのかは分からなかったが、理由を訊く気も起こらなかった。

「それが志願してここに来た理由だ」マルコが話を続けながら、アイス・ドラゴンのタワーを指差した。「で、親父よりずっと高いタワーを建てたんだ」

「ええ? あのタワーの高さって……たった二十メートルじゃない?」

「二十二・五五メートルだ」自慢げな満面の笑みだった。「でも、アイス・ドラゴンは世界の頂点に建ってるんだ。おれたちの上には空っきゃない。だからおれのタワーが一番高いのさ」マルコはくっくと独特の奇妙な笑い声を上げた。丸い頰に二つのえくぼが現れた。アナもつられて、一緒に笑った。いい感じだった。

「ごめんなさいね」アナは言った。「さっき蹴っちゃって。いつもはあんな風じゃないのよ、わたし」

マルコが肩をすくめると、サバイバルスーツが頭の周りで盛り上がった。暖気に囲まれた車内に友情の気配が漂った。この手のことが、かつてアナの生活で一番大きな部分を占めていた。こんなふうに、車両の中でだらだらと過ごし、他愛のないお喋りにうつつを抜かし暇つぶしをするのだ。戦争は映画のようではない。その九十九パーセントはただ待っている時間だ。だが兵士にとっては、これが戦争の持つ最悪の時間なのだ。このときに、兵士は戦いに敗れ始める。バカ話は来るべき戦いから気持を逸らしてしまうのだ。

音楽が聞こえる。『白鳥の湖』が低い音量でいまだにかかっていた。「チャイコフスキーが好みなの?」

「なんだって?」

「あなたがかけてる音楽……『白鳥の湖』」

マルコが微笑みを浮かべている。「彼女の好みだよ。こういうやつが好きなんだ。おれにも高尚な趣味を持たせたがってる」

身体を動かしたら、前ポケットに何か硬いものがあるのに気付いた。ジャッキーのキャビネットから持ってきた本だ。

「これがなんだか分かる？」

古びたペーパーバックを取り出す。マルコは表紙をちらりと見ただけで言った。

「それはおれのだ。ジャッキーに貸したんだ」

「そうなの。で、どんな本？」

「『兵法』っていって、中国じゃ有名なんだ。何千年も昔に書かれたんだぜ」

アナは目を閉じた。記憶を喚び起こす。

「故に善く攻むる者には敵の守る所を知らず、善く守る者には敵其の攻むる所を知らず」

マルコの黒い瞳は驚きの色を隠せなかった。

「孫子は士官学校での必読図書だったのよ」アナは言った。「孫子は有力な王の軍隊を率いたけど、現代で孫子の兵法に従っているのは主にゲリラ組織よ」

「ああ、孫子は時代の遥か先を行っていたんだ」マルコが言った。「いいかい、近代世界のほとんどは中国の発明なんだ」

「たいそうなこと言うじゃない。宇宙ロケットやコンピュータはどうなのよ」

「花火と算盤を発明した。違うけど、ほぼ同じ」

痛む喉からまた乾いた笑いが出そうになった。

「その本、やるよ。おれはもう戦争には飽き飽きだから」マルコが本を手渡してきた。

アナはページのあいだから光沢のある写真を抜き出した。

「これ誰だか分かる?」

マルコは写真の女をしげしげと見た。「いや」

「ジャッキーが恋人のことについて喋ったとか?」

マルコは首を振った。アナは本と写真をポケットに突っ込んだ。目にひどい疲れを感じる。頭をはっきりさせるために舌を噛んだ。

「ジャッキーについて知っていることは?」

マルコが遠くを見るような目をした。「よくは知らない……無口なやつなんだよ。あんまり喋らない。モンゴルから来た。ひどい工場で怖ろしく退屈な仕事をしてたんだと思う。アメリカで受けたトレーニングの成果を、ここで発揮しようと頑張ってた」

「アメリカで何を勉強したのかしら?」

「地質学と関係あることだけどな……三Dデータとかいうやつで、地質学者が海底油田を発見するために使うようなものだ」ジャッキー自身が語ったことと矛盾はないようだった。ジャッキーに関して心にメモっていたことを更新する。兵法への興味。アメリカの大学で研究した稀有な中国人。野心家。

次に、頭の中でマルコのファイルを開く。

「で、あなた自身はどうなの？　メカニックになる前は何をしていたのかしら？」

「また訊問を受けるのかい？」

「そういうこと」

マルコはシートの中で身体をひねり、目を逸らした。「生まれたのは、上海からバスで十時間のちっぽけなクソ田舎町。学校をおえて、親父と上海に引っ越したんだ。親父の友だちがやってる工場があって、そこに預けられた。モーターバイクの整備工場だ……で、メカニックになった」

「もっと勉強したくはなかったの？」

マルコは笑った。

「いや、あのひどい村から出たいってことしか頭になかった。ペンキが乾くのを見物するのに金を払うって言うだろ？　冗談抜きに、それくらい退屈な村だった」

「あなたのキャビネットに、大金が入ってたわ。いざというときのために蓄えてたの？」

マルコがアナに身体を向けた。シートが軋んだ。「おれの荷物、調べたのか?」
「当たり前じゃない」
マルコが大きく息を吸うと、太鼓腹がサバイバルスーツの中で膨らんだ。「フーと
おれはポーカーが好きだった。たまにほかのやつも一緒にやったけど。一番勝ったや
つが、帰国したあとでかいパーティをやってみんなをもてなすって取り決めだったん
だ。おれがトップなんだよ」マルコが喉をぜいぜい言わせた。「トップ、だったんだ」
「まあ、一応説明にはなってるわ」
マルコがアナの目を覗き込んだ。
「おれは殺人犯なんかじゃないぜ。人を殺したことなんてない」
ダッシュボードの赤ランプが、マルコの顔の片側を照らした。その片側だけが悪魔
の顔のように赤く光っている。そしてもう片側は闇に紛れていた。

# 48

アナとマルコはガイ・ザンハイの凍った遺骸をガレージに戻した。アナは自分のやっていることについて考えないようにし、ガレージに向かうあいだ、ひたすら前方を見つめた。二人で遺骸を潰れた顔を下にして横たえ、作業テーブルの下になるだけ奥まで押し込んだ。それからマルコが自分のキャビンから寝袋を一つ持って来て、死体を覆った。マルコは目を閉じたまま、数秒間遺体のそばに立ち尽くしたあと、黙ってガレージを出て行った。アナはその後ろ姿を見送りながら扉を閉めた。

本館の部屋に戻ったときには、くたびれ果てていた。猛り狂う嵐の中で肉体労働をするのは、水中を走るようなものだ——すべてが十倍遅く、十倍の労力を要する。その上、寒さがブラックホールのように全身からエネルギーを奪うのだ。マルコと二人して、まがりなりにも基地周囲に、誤作動させることもなくトリップフレアをセットできたことは、小さな奇蹟と言ってよかった。

部屋はサウナのようだった。そしてザカリアッセンは、エネルギーを注力すべき具体的な目的が与えられたせいで、今や興奮状態だった。中国製ラップトップに身を乗り出している。ジャッキーは断熱材の露出した壁を背に、身じろぎもせず座っている。動いているのは目だけだった。部屋にいる人間を代わる代わるに見ている。

ザカリアッセンがアナを手招きした。「これを見てくれ。中国人たちがここで何をしているか、これで分かった」

「ええ、連中が鉱物資源を探していると、ジャッキーが言ってたわ」

ザカリアッセンの顔に、見下したような笑みが現れた。通常の場合なら、不愉快な保護者面のように感じただろう。しかし今は、くたびれていてそんなことはどうでもよかった。ザカリアッセンは自信ありげに身を乗り出すとノルウェー語に切り替えた。

「こいつらたいしたもんだよ。ロシアから鉱物を盗んでいるんだ」ザカリアッセンはくすくすと笑った。ロシアを騙(だま)すのが高貴な行為だと思っていることは間違いない。

「盗むって?」アナはうなじにマルコの視線を感じた。言葉は理解できないだろうが、おそらく自分たちが何か重要なことを話していることは分かるのだろう。

「少しだけ待って」

「だめだ、こっちへ来て、これを見るんだ!」ザカリアッセンの声は耳障りなほど大きく甲高かった。

急に疲れと目眩(めまい)を感じ、壁に寄り掛かった。

「ちょっとだけ待ってったら……お願いよ、ダニエル」今度大声を上げたのはアナだった。心の箍が外れそうだった。

過去の記憶が明滅する——暗い部屋。ブラインドの隙間から忍び込む陽光。一条の光がヤンの肩に差している。ヤンは朝食のトレイを手に、ドアを押し開けてきたところだ。陽の光と微笑みを浮かべた顔が出会う。ブラインドの向こうのどこかで、ブラスバンドが演奏している。ヤンがキスした。甘いコーヒーの味がした。だがそのときに目が覚める。ヤンは消えていた。人々が入って来る音がした。低い声で口々に話している。ヤンは無事なのかと、訊ねようとする。誰でもいい、全部夢なのだと安心させて頂戴。だが口は思いに従おうとしない。皮膚のどこかをコットンが拭っている。それが一瞬止まり、ちくりと鋭い痛みが走った。あとは眠りに包まれ、何も分からなくなった。

「まず、しとかなきゃならないことがあるの」

ザカリアッセンの熱狂を抑えようと、アナは自分の声がなるだけ落ち着いて聞こえるように努めた。「この二人が肩越しに覗く、ってのはまずいと思う」

アナは結束バンドを拾い上げると、マルコとジャッキーを後ろ手に縛り、壁の支柱に結びつけた。ジャッキーの脈をチェックする。やや弱いが規則正しい。マルコに目をやって言う。「ごめんね、でも仕方ないのよ」そのあと、アナはザカリアッセンに歩み寄った。ラップトップのスクリーンに映ったレーダー機器の映像は、海底の岩からだらりと下がった海鼠のピンボケクローズアップに代わっていた。

「何を見せたいの？」

「これを見てくれ……」ザカリアッセンは細い指先で、キーボード中央にある緑色のジョイスティックを押した。海鼠がカメラの背後のどこからか現れた黒い雲の中に消えた。数秒間、すべてが黒くなった……そしてそのあと、カメラが雲の上に浮き上がった。黒い山腹が通り過ぎる。

「映像は水中艦から送られてきたものだ。水深三千メートルにいるミニ潜水艇だよ」ザカリアッセンが誇らしげに言った。まるで新しい生命体を発見したかのような口調だった。指先で緑のジョイスティックを操作している。「ここからリモート操作できるんだ」

潜水艇が浮上している。光に何かが反射していた。海底から泡が噴き出している。泡は密な束のようになって、真っ直ぐ上昇していた。ちょうど、風のない冬の日に煙突から立ち昇る煙のようだ。

「すごいだろ？」

「ええ……」アナはもどかしそうにザカリアッセンを見た。教授は微笑みで応じた。

「待ってなさい。今見せてあげるから……」

ザカリアッセンがコントローラーのどこかを押した。潜水艇が向きを変える。今のザカリアッセンは自信たっぷりの船長のようだった。サブヴァバーで見た姿が被る。従順な奴隷に君臨する王のような一面が顔を出していた。潜水艇が向きを変え、エビや小さなプランクトンが通り過ぎた。そして次に、光線が海床を照らし出した。

最初のうちアナは、見ているものが何であるか見当もつかなかった。その光景は、世界の極寒地で見ようとは、想像すらできないものだった。

地獄を直接覗き込んでいるようだ。火山から黒煙がもうもうと噴き上がっている。

# 49

火山は槍の鋭い穂先のようにそびえ立っていた。そこから立ち昇る雲のような無数の噴煙は真っ黒だった。公害をまき散らす工場がずらりと並んだ上をホバリングしているような気分に襲われる。

ここで溺れ死ぬのが運命なら、葬儀はあっという間に終わるだろう。遺体が火口の一つに沈み込んで、灰の雲に火葬されるのだ。ザカリアッセンが舌打ちする音が聞こえた。顎をがくんと下げて口を開け、激しく瞬きしている。見ているものに心を奪われているのだ。

大きな物体が火山に向かって滑り込むように近付いてきた。赤く塗られたその物体の最前部から、短いアームが突き出している。別のミニ潜水艇だった。

「さあ、これを見てくれ」ザカリアッセンが驚愕の響きを含んだ声で言った。「どうだ、素晴らしいじゃないか。あの潜水艇は自動操縦だ。中国が鉱物探査のためにプログラムしたんだよ」

スクリューの回転が、水面に向かおうとする雲の柱を邪魔している。機械仕掛けのアームが前方に伸びた。金属製の爪が火山の山腹から黒い石を剝ぎ取り、潜水艇の下部に吊ってあるバスケットに落とした。スクリューが再び回転し艇が向きを変えると、煙の雲が渦巻き状になった。潜水艇が火山から離れていくと、ザカリアッセンは、自分の艇でそのあとを追った。

赤い潜水艇の光が、一見して別の火山かと思われるものに当たった。だが、艇が近付くと、その山と見えたものが、実は背の高い管状の機械であることが分かった。赤いストロボがそのてっぺんで光った。機械は海底に打ち込まれた金属製の脚に支えられている。管は月着陸船のような形状だった。ただそれよりずっと背が高く、上部に幅広の煙突状のものを具えている。

ミニ潜水艇は速度を落とし、やがて煙突状のものの口でぴたりと停止した。バスケットが傾き、火山岩の荷が煙突の口に落とされる。

部屋の中はしんと静まり返っていた。ジャッキーもマルコも、壁際で縛り付けられた状態だったが、それでもスクリーン上の映像を見ることができた。ジャッキーはなんの感情も表さなかった。だがマルコのほうは、苛立ったような表情を見せていた。

「見たかい?　まさに信じられんことだ……あり得ない。ただ素晴らしいの一言だよ」ザカリアッセンが、金属製ケースを叩いて言った。「あれが何か分かったか?」

ザカリアッセンに答を待つ余裕はなかった。「鉱山なんだよ!」

興奮のあまり、メガネの奥で瞳が輝いた。

「衝撃的だ……分かるか? 中国はこれまで誰もやらなかったことをやってのけたんだ。北極で鉱山経営をやってるんだ。それも水深三千メートルで!」

自分の蒼白い顔がスクリーンに反射していた。アナは採掘装置を観察していた。黒い雲が横のパイプから吐き出されている。機械のてっぺんにある強力なライトがつき、あたりをぐるりと照らすと、黒い雲が水中にふわりと浮かんでいるのが見えた。海底に置かれたケーブルやケースのあいだを縫って、滑るように泳ぐ魚も光の中に見える。ライトは何回か回転したあと消えた。ハッチが開いた。バスケットが、機械横に吊られたフックに向かって押し出される。フックの爪が開き、バスケットをしっかりと掴む。

ブーンという音が聞こえた。ワイヤが床の穴からせり上がってくる。ケーブルがタワー内に巻き上げられると、そこに付着した大量の氷が細かな結晶の雨となって降ってきた。硫黄(いおう)と埃の匂いがする。スクリーン上に見えていたバスケットが視界の外に消えた。

「何をしてるの?」

ザカリアッセンが菓子屋にいる子どものような笑みを浮かべている。「この鉱山は完全自動化されているんだ。ジャッキーが起動の仕方を教えてくれた」

ケーブルがバスケットを引き揚げてきた。床にあいた穴の中で、金属製の細い線が振動している。ワイヤに泡が付着している。アナはじっと観察しつづけた。ワイヤが天井のヒートランプに接近し泡が弾ける。

アナはザカリアッセンの注意を惹こうとした。「こんなもの放っときましょ。どうせちゃんとした操作法は分からないんだから」アナは言ったが、ザカリアッセンは相変わらず穴の中を覗き込んでいる。

「ダニエル……外のどこかに、野放しになった大量殺人犯がいるのよ。それを忘れちゃったの？」

ザカリアッセンがアナを見て、苛ついたように濃い眉を寄せた。「でもトリップフレアを仕掛けたんだろ——誰かが来たら分かるはずだ」

「ええ、理屈ではね。でも、ランポってやつは十一人、いやひょっとすると十二人も殺してのけたのよ。相当頭の切れる男にちがいない」

ザカリアッセンは大きく息を吸い込んだ。喉が鳴った。「この鉱山が原因で殺したとしたらどうだ？　惨劇すべての原因がこれだったら……海の中で起こっていることを突き止めるほうが賢明じゃないのか？」

鋼のケーブルが今も海から巻き上げられている。それとともに泡も上がって来る。

「下に何があろうと、十二人を殺すほど価値あるものであるはずがない」アナは反駁した。「もう放っておきましょ、こんなもの」

「稀少鉱物には大変な価値が……」

「オーケイ、もう結構。そのことに関しちゃ、そっちが正しいのは間違いない」アナは言った。「でもランポの計画が、わたしには見えない。やつが何かとんでもなく価値のあるものを発見したとする。そして、それを手に入れるために大量殺人を犯す——ねじ曲がった心の持ち主にとっては、それも完全に筋の通ったことだ、としましょ。でも、どうやってここから脱出しようと？」

「共犯者がいて迎えに来るのかもしれん」ザカリアッセンは、自分がこうだと思ったら、決して譲らないタイプの人間だった。

「そう、あり得るわ。でも、分かってる、ダニエル、ここは北極よ！　誰にせよ迎えに来るんなら、ヘリを使うっきゃない。その手のものを装備してるのは、ロシア、アメリカ、そしてわたしたちだけなの」

「ロシア人は腐り切ってる。何をやるにもカネ、カネだ」

大きな穴の奥では、ワイヤの周囲で海が激しく泡立ち、水面で気泡が弾ける。匂いはなかったが、それでもアナは数歩退がった。

「ガス？」

ザカリアッセンが屈み込んだ。気泡が弾けるたびに、水面に映ったその影が砕ける。

「いや、ただの温水だ。きみが見た火山は熱水噴出孔と呼ばれるものだ。海水が海床の亀裂に沁み込んでいって、地核から上がって来た溶岩とぶつかったときに形成される。水が沸騰し始め、噴き上がる。鉱物と一緒にな……分かったか？」

アナは不承不承頷いた。

「水が冷えると、鉱物はまた沈み込む。そういう具合に、熱水噴出孔が形成されるわけだ。何百万年ものあいだ、海底で沸騰しつづけているんだ」

ザカリアッセンの言葉は、頭の中を漂っているだけでさっぱり理解できない。「今の話全部ジャッキーから？」

「いいや」ザカリアッセンが高慢そうに鼻を鳴らした。「ここで中国の装置を見て、即、理解したさ――これが通常の鉱物探査ではないことをな」ザカリアッセンは手をめぐらし、部屋全体を示した。「これはもう、産業レベルに達しているんだ」

ザカリアッセンは指を一本ワイヤに押し付けた。水滴が指にこぼれ手を伝った。

「これはわたしの仮説だが、中国は超稀少鉱物を大量に発見したんだ。だからこそ、この巨大なデータルームを持ってる。ここで研究者たちは継続して地震活動のデータを分析できるん……できたんだ。興味深いものが見つかったら、すぐにサンプルを採取できる。海床にあるものならなんであれ、リモートでコントロールできるし、動かすこともできる。ほんの半トンでも見つかれば、超稀少鉱物国際市場への影響は絶大だ」

「でもなぜこんなリスクを冒すの？　この件が露見したら、中国が北極から追放されるのはまず間違いないのに？」アナが訊いた。

「いったい誰が追放するんだね？　北極地方を所有している者はまだ誰もいないんだ。ここに法なんてものはない。我々自身を見てみるがいい。ノルウェーは禁止後も長いこと捕鯨をやってる。科学調査のためと言ってるが、トロムソじゃ鯨ステーキのセールなんて当たり前だ。輸出までしてるんだぞ。北極じゃ、すべて、手を挙げた者勝ちなんだ。フラムX調査隊が重要なのもそれが理由だ」

ザカリアッセンが濡れたケーブルを放し、指先を見た。茶褐色のサビがつけた縞模様が蒼白い指先にはっきりと見えた。

「ノルウェーには、この地に領土を持ち、ほかの国が来る前にその権利を守る必要がある」ザカリアッセンは続けた。「独立を主張する厄介な原住民もいない。が、注意せんと、中国とロシア、それに残りの連中も、ここにあるものすべてをわたしらの鼻先から引ったくっていきかねん。そういうことになったら、アムンゼンやナンセンの偉業はすべて無駄になる。この地を最初に踏んだのは我々ノルウェー人なんだぞ！」

その目に宿った炎を見てアナは、ザカリアッセンが結局のところ、発見した土地の領有権を頑なに主張する旧態依然たる探検家の一人なのだと、考えざるを得なかった。二人の会話は警報によって突然中断された。壁のライトがオレンジ色に点滅している。

穴の中で、泡立ちが一層激しくなっている。ケーブル末端のフックがザッという音とともに顔を出し、バスケットを引き揚げた。ケーブルが急停止し、バスケットが宙ぶらりんの状態になって、穴の上で揺れている。アナが想像していたより大きく、直径一メートルほどある。

黒い小石がぎっしりと詰まり、それに加えて、輝きのある他の鉱石の塊も入っていた。塊はくっついた状態で、蜂の巣のような形になっている。小石状のものと塊のあいだには、汚れた氷のように見えるものの薄い層が挟まっていた。

小石状のものから泥水が沁み出し、雪の上に降りかかった。腐った卵のような、吐き気を催させるような匂いが部屋じゅうに広がった。大きなカチカチという音が聞こえた。エッグタイマーが慌てて進んでいるような音だ。

ザカリアッセンがバスケットを摑み、自分の方に引き揚げて中身に手を突っ込んだとき、ジャッキーかマルコのどちらかが何か言った。ザカリアッセンが塊の一つをバラした。

それがポンと弾けた。

バスケットの底にちらちらと明るく光るものがある。ザカリアッセンが叫び声を上げながら手を引っ込めた。だが、光るグリーンのモンスターがその手を追いかけた。

# 50

焼け付くように熱いパンチがアナの顔面にヒットした。冷たい海の底からやって来たバスケットは高温の炎に姿を変えていた。

ザカリアッセンがまた叫んだ。緑の炎がヘビのようにザカリアッセンに纏わりつく。バスケットの小石が、まるでハイオクタンガソリンを沁み込ませたように、激しく燃えていた。アナは後退った。しかし炎が追いかけてくる。床に身を投げ、氷の中に顔を押し付けた。髪の焦げる匂いがした。両手で後頭部を叩く。

髪の毛に火がついていないことに安堵（あんど）し、アナはまた頭を上げた。ザカリアッセンが、躍る炎に包まれたまま、ぐるぐると身体を回していた。炎はグリーン、オレンジそしてブルーの光を壁に投げかけている。マルコとジャッキーは炎から身を守ろうと頭を下げていた。

アナは鼻から息を吸った。焦げた髪と皮膚の匂いは強烈だった。ザカリアッセンが火に包まれたまま転がり、床の上をのたうち回っている。アナは立ち上がり、ザカリアッセンの元に——すたすたと、と言うより——よたよたと駆け寄り、雪を蹴り上げ、氷から剝がした。両手で雪だるまを作り、ザカリアッセンの頭に投げつける。ザカリアッセンはメガネを剝ぎ取り、両手を顔に押し付けた。アナはまた雪と氷を蹴り崩し、シャーベット状になったものを、ザカリアッセンのサバイバルスーツに燻る炎にこすりつけた。生地が熱のせいで膨れ上がっていた。

「顔を冷やさなくちゃ！」

さらに雪を押し付けながら、アナはザカリアッセンに聞こえるよう大声で言った。髪の毛が燃える匂いが強烈に鼻をついた。ザカリアッセンは顔の氷を跳ね散らした。氷片のあいだから覗いた皮膚は真っ赤だった。

「水に浸けなきゃ！」アナはザカリアッセンのフードを掴み、ぬいぐるみを引っ張るようにして、床の穴まで運んだ。バスケットからは今も燃える氷片がパラパラと落ちていたが、空気を舐めていた炎は消えていた。

頭が水に押し込まれる直前に、ザカリアッセンは短い叫びを漏らした。両手がアナの手を掴み引き離そうとする。しかしアナは水の中に突っ込んだ頭を引き上げようとはしなかった。ザカリアッセンは水面の下から怒り狂った目でアナを睨みつけた。口から泡が激しく漏れ出る。声に出さず、アナはカウントした。〈イチマンイチ、イチマンニ……イチマンジュウ……〉二十秒で、アナはザカリアッセンの頭をぐいと上げた。

ザカリアッセンはヒーッと音を立てて苦しそうに息を吸った。熱を持った肌からは湯気が上がり、表情は怒りに歪んでいた。

「溺れるところだったぞ！」怒鳴り声を聞く間もなく、アナはまたザカリアッセンの頭を水中に突っ込んだ。これを三回繰り返す頃には、ザカリアッセンも逆らう意思を失っていた。アナが押さえつけても、両手を氷の上にだらりと載せたままでいた。もう一度、二十秒間水に沈めたあと、アナはザカリアッセンの頭を引き上げた。ザカリアッセンはあえぎあえぎ、肺に息を吸い込んだ。

「顔、どんな感じ？」

「焼け付くようだよ。それにすごく寒い」歯をガタガタいわせながら、指で顔をあちこち触っている。皮膚は赤く眉は焦げて、白髪頭には黒い縞が走っている。だが、それ以外に怪我はなさそうだった。

「呼吸すると痛む？」アナが訊ねた。

ザカリアッセンは息を吸ったものの、激しく咳き込んでしまった。片腕を振ってアナに離れろと合図する。「大丈夫だ……何かを飲み込んじまっただけだ」

「よかった。じゃ、煙は吸い込んでないのね。息が苦しくなったら教えて」

二酸化炭素は徐々に死を連れて来る。身体に浸透して肺から酸素を奪い、危険が去ったと油断した頃に麻痺と窒息を招く。アナはバスケットに目をやった。湯気が上がっている。バスケットの格子からは、汚れた水が黒い血のように滴り落ちていた。その下でマルコとジャッキーが怯えた表情でアナを見つめていた。

怒りに襲われたアナはバスケットを回り込んで二人に歩み寄った。

「いったいこれはどういうものなの？ わたしたちを殺そうとしたの、あんたたち？」怒り狂うアナから逃れようと、マルコとジャッキーは、まるで通り抜けようとしているかのように、壁に身体を押し付けた。しかし、結束バンドに動きを封じられていた。アナは頭に血が上るのを感じた。

「アナ！ これは二人のせいじゃない！」後ろでザカリアッセンが叫んだ。「いいか、こいつらのせいじゃないんだ！」

マルコが本気で震えていた。ジャッキーがどう感じているかを知るのはむずかしかった。相変わらず頭を垂れ、長い前髪が目を隠している。

「いいか、これは二人の責任じゃないんだ」ザカリアッセンが繰り返した。「これは〈燃える氷〉なんだ。わたしが気付くべきだった」

アナは怒りに任せて、氷の上で身体を回そうと思い切り足をひねった。足に続いて身体が回ったとき、疲れた関節がパコンと音を立てた。

ザカリアッセンは片腕を垂らしながら膝立ちしていた。サバイバルスーツから水が流れ出ている。煤交じりの水が周囲の雪氷を灰色に染めた。白い空間にあいた黒い穴――その暗い後光の中央に、ザカリアッセンは膝を下ろしていた。湯気を上げる物質をアナに向けて差し出す。見る間に融けだし、ザカリアッセンの指のあいだを黒い水が伝った。

「氷にメタンが含まれているせいで着火する……メタンハイドレートだ」蒼白い指が天井のヒートランプを指差した。「上がって来たときに氷が融け始めてメタンを放出した。あのランプのせいでガスが着火したに違いない」

アナはザカリアッセンが持っている氷の塊に目をやった。「氷が燃えるなんて」

「北極地方はもともと乾燥地だったんだ。恐竜が生息していた。湿地で溺れたり水に落ちたりした動物、なんであれ、死んで空気に触れず腐敗した生き物はメタンになる。北海の原油が藻類の死骸から出来たのと同じ理屈だ」

アナは氷の穴に歩み寄った。もう水面は静まっていた。雪と氷片が海に浮かぶ島のようにぷかぷかと浮いている。

「中国はこのことを知らないのかしら？」

「いや、知っているだろう。だがおそらく、連中はこの手のことに関しては、決まった手順を守っているんだろう。ヒートランプを消し、部屋の換気をする……とかな」

アナはあたりを見回した。金属ケースに目が留まる。アナはラップトップを降ろし、上段のケースの蓋を開けた。オリーブグリーンのガスマスクがぎっしり入っていた。

アナは一つを取り上げ、マルコとジャッキーの顔の前で振って見せた。

「あんたたち、危ないって分かってたんだ？」

「ぼくは……止めようとした」ジャッキーがぶつぶつと言った。

バスケットが上がって来たとき、確かにジャッキーは何か声を上げた。そのことをふと思い出す。だがアナは、思い出すが早いか、その考えを記憶の外に追いやった。八つ当たりであろうと誰かをやっつけでもしないかぎり、怒りが収まらなかったのだ。

「いったいどこにいるのよ、ヘリコプターは？」

アナは本館の戸口に立って、摑みかかるような目で吹雪の奥を見つめていた。部屋の支柱に結束バンドで繋いだ二人の中国人から、そして十二人の死体から逃げ出したい一心だった。謎めいた殺人はパンドラの箱だった。開けた瞬間に理解を超えるほど怖ろしいことが起こる。

戸口から漏れ出る明かりが、降りしきる雪に反射して四角い光となり、宙で震えている。漆黒の闇の中で、その四角が魔法の入口に見えた。雪の中にほんの数歩踏み出し、光の門をくぐり抜ければ別世界がある――そんな気がした。

# 51

小さな村がある世界。二つの山に挟まれた谷の上にある美しい場所。

雲一つない晴れ渡った日。陽炎の出ない日。そういう日には、村の上にある公園から地中海が望める。その公園では夕刻になると年金生活者が集い、ブールで投球の腕も伸びる。そこから広場へは歩いてすぐだ。広場には巨木があり、その枝が何本も伸び広がって、すべてのテーブルに日陰を提供している。レストランが三軒ある。でも、住民と観光客とが席を争う週末になると、三軒が一軒に合わさってしまったように見える。何はともあれ、そんなこんなで、胃袋が満ち足り頭が地元産のロゼワインで程よく朦朧としたら、あとは狭い通りを数百メートル歩いてホテルに向かうだけだ――ヤンの説明だと、そんなふうだった。

山間のその村を見たことはない。ヤンの父親に、ペルノーを注いでもらったこともない。この父親は到底飲酒年齢に達していない息子に、カクテルの作り方を教えたそうだ。ホテル前の広場で食事をする機会もなかった。ヤンはホテルで客に食事を出しながら、チップに関することなら、四ヶ国語で話せるようになったと言っていた。

失われた世界が揺らめく光の入口から流れ出て、血を搾り取る。足が震え始める。耳鳴りがする。現実ではないことについて考えてはならない。慌てて一歩後退る。何かにぶつかった。耳鳴りの向こうから遠い声が聞こえた。

「アナ、聞こえるか……？」

アナは振り向いた。ザカリアッセンが真後ろに立っていた。

「ごめんなさい、風の音がうるさくて……なんて言ったの？」

ザカリアッセンが、臆病なスズメのように首を傾げながら、アナをじっと見つめた。

「わたしが言ったのは……こんなに荒れた天気じゃ、到底ヘリは着陸できないってことだ。待つしかない。今のところ、ここにいれば安全だしな」

「だいぶ落ち着いたみたいね、ダニエル、よかったわ」

スズメのようだった頭をさらに傾げた。

「わたしが話した相手は、なんとしてでもこっちへ来ると言っていた。それを信じるしかないだろう」

ザカリアッセンの言うとおりだと認めざるを得なかった。パイロットに自殺願望でもないかぎり、吹雪に飛び込んで氷丘脈だらけの流氷原を低空飛行しようとするわけがない。アナは地面を思い切り蹴り上げ、暗闇に氷片が飛び散るさまを見つめながら、風に向かって呟いた。

「クソ氷。まったく癪に障る」

ザカリアッセンがまごついた表情でアナを見た。「なんだって?」

そう、何言ってんだろう?

氷。

どこもかしこも、氷。

氷だけの世界。

これだけあると、種類によって、氷にいろんな名前がついている。積氷。氷丘脈。青氷。凝結氷。古氷。しかし、アナがこれまで目にした土地とは対照的に、低木の茂みも花も小川も森もなく、がれ場さえない。氷は北極地方全体に広がる巨大な物体なのだ。自分がそこを這い回る微細なノミであるような気がする。ノミみたいな小虫なら、あっという間に駆除される——だがノミとは違うのは、自分がその事実に気付いていることだ。

「なんにも」アナは答えた。「なんでもないの」

光の入口で躍る自分の影に最後の一瞥を投げたあと、想像の世界から訣別するためにドアを閉めた。自分たちのいる部屋はアイス・ドラゴンで一番安全な場所だった。入口は一つで壁は他の部屋よりしっかりした素材で造られている。しかし、室温が零度をだいぶ上回っているとは言え、隣の部屋から凍った死体の発する冷気が忍び込んできていた。

ジャッキーとマルコは沈黙していた。互いに話すこともなく、自分の殻に閉じこもっているように見える。アナは二人の顔を観察した。ジャッキーは蒼白い顔をしている。長髪が細い目と長い睫毛にかかっていた。細い鼻とぷっくりとした唇が、マルコの幅広の顔と小さな口とは対照的だった。ヤギ鬚の上にあるあの小さな口は、いつ見ても、かすかな微笑みを浮かべようとしているかのようだ。アナは二人の人物を見極めようとした。十五人の隊員で生き残ったのは、この二人と、もし生きているなら、ランポだけなのだ。

ザカリアッセンがアナの視線に気付いた。「ランポってやつについての話、信じるか？」

「わたしに分かっているのは、ランポって男が、どこかおかしかったという点で、この二人の意見が一致したということだけ……もしその話が正しかったら、ランポには司令官を恨むじゅうぶんな動機があるってことになる」アナは答えた。「それにランポだけ見つかってない」ランポの名前を聞いてマルコが関心を示した。アナたちが何を話しているのか気になったのだろう。「でもランポの行方が分からないという事実は、この二人にとってはめちゃ好都合なのよ」

マルコと目が合った。マルコは下を向き、また自分の殻に閉じこもった。「今のところ、敵が外の流氷原にいるということに関しては、みんなの意見が一致している。だからみんなで外を見ている必要がある。中ではなくて」

ザカリアッセンは中国人青年たちに目をやった。一つ咳払いをすると、氷の穴に歩み寄り、雪に唾を吐いた。「とりあえず今はこいつらを支配している……嵐が過ぎるまでここで待つのが一番いい」

別にそれ以上望むべくもなかったが、アナはザカリアッセンほどリラックスできなかった。救援組織に連絡を取ってからというもの、ザカリアッセンは驚くほどの落ち着きぶりだった。アメリカが救助に全力を尽くすと約束したにせよ、現状は何一つ変わらない。二人の疑わしい人間とともに、小さな部屋に立てこもっているという事実は変わらないのだ。それに外に広がる闇のどこかに、もう一人の容疑者がいる。おそらくは重武装していて、精神的に不安定な人間だ。むっとする汗の匂いがした。アナは顔にかかった髪を手で掻き上げた。ほつれ毛が手にくっつき指に絡まる。頭の中身も、外側以上にひどい状態だった。

「もう、アッタマ来る！」

ザカリアッセンがびっくりした。「どうしたんだ？」

「ごめん、苛々して仕方ないの。この基地で何が起こったのか分からないなんて、頭がおかしくなりそう」

ザカリアッセンがアナを見た。メガネの奥で目をぱちくりさせている。「戦争って……こんな風にして起こるのかもしれないな」

「北極で戦争を起こそうなんて人間がいる？」

ザカリアッセンが片足を上げた。「我々の足元には世界で最も偉大な未発見の資源がある。開拓者時代のアメリカ西部のようなものだ。北極が所有に値するものだとは、誰一人思いもしなかった。探検家によって征服される場所、そんな認識だったんだ」

老教授が突然くすりと笑い、アナに微笑みかけた。

「ジョージ・マロリーの話を聞いたことがあるかい？　それまで二回も失敗しているのに、何がなんでもエベレストに登りたいのはどうしてかと、あるジャーナリストに訊かれたときのことだ。この一徹者は答えた。『そこにエベレストがあるからだ』とね。エベレストは世界一高い山だから、誰も登ったことがないから……人生の意味を探しているとき、人はそういうことをする。この男はそう言ったが……」

ザカリアッセンは穴の縁にある塊を足で押した。それは表面で出来ては消える気泡のあいだで浮き沈みした。

「我々はいくらでも、それが真実ではないというふりをすることができる。だが人間とは、地中にどんどん深く食い込んでいく虫と同じようなものだ。食って糞をするために生きている。エベレストで黄金でも見つかっていたら、今日、もう登ろうにも山自体が残っていなかっただろう」

水が激しく泡立ち、氷の塊が縁の方に押されてくる。弾ける気泡の圧力が塊を浮上させ、ひっくり返す。

アナは慌ててラップトップに歩み寄った。

「あの映像を見せて……火山が映っていたやつ」

「なぜだ？」

「いいからやって、お願い」

ザカリアッセンはラップトップに近付くと、メガネを額に上げスクリーンに身を乗り出した。メガネの縁が煤で黒ずみ、金属製のフレームがサイケデリックな虹色に光っている。

ザカリアッセンがミニ潜水艇を鉱石採掘プラントから巧みに移動させ始める。カメラが地核からの煙を吐き出す火山の一つを捉えた。海床から湧き上がった気泡が光を受けて星雲のように輝いている。

「あの泡、メタン？」アナが訊いた。

「ああ、メタンを閉じ込めた氷が溶岩からの熱で融けたものだ」

アナの目は気泡の集まりを追いかけた。それは真っ直ぐ上昇し、瞬く間に視界から消えた。

「ガスはどうなるの？」

「海面に出て大気中で蒸発する」ザカリアッセンが教授の顔になった。「メタンの排出は地球温暖化のせいで、北極地方では過去二十年のあいだに百倍になった。メタンが大気中に溶け込むには十二年かかる。二酸化炭素ほど怖ろしくはないが、気候変動に関与することは間違いないし……」

アナは足元を見つめた。氷という水から出来た硬い殻のおかげで、自分たちは深海上を浮いていられる。九パーセントの密度差が氷と水を分かっている。アナは数十億の気泡が自分の方に向かっている図を想像した。

「メタンが氷と出会うとどうなるの？」今はそんな心配をしている場合ではないのだが、訊ねずにはいられなかった。

ザカリアッセンも足元の氷を見下ろした。焦げた眉が、縮んだゲジゲジのように見える。

「ガスが氷下に集まったあと、氷が融けた段階で、放出される」

アナの痛む喉からうめき声が漏れた。

「なに？　ってことは……この基地で唯一安全だと思っていた場所が、実は巨大なガス爆弾だってこと？」

（上巻終わり）

◉訳者紹介　**遠藤宏昭（えんどう　ひろあき）**
1952年神奈川県生まれ。早稲田大学第一文学部卒、ブリティッシュ・コロンビア大学大学院修士修了。専攻は言語教育。訳書に、ギビンズ『アトランティスを探せ』、スパロウ『真冬の牙』、パンクボーン『デイヴィー 荒野の旅』、ロリンズ『アイス・ハント』（以上、扶桑社）、ライアル『誇りは永遠に』（早川書房）など。

氷原のハデス（上）

発行日　2023年3月10日　初版第1刷発行

著　者　ヨン・コーレ・ラーケ
訳　者　遠藤宏昭

発行者　小池英彦
発行所　株式会社 扶桑社
〒105-8070
東京都港区芝浦1-1-1　浜松町ビルディング
電話　03-6368-8870(編集)
03-6368-8891(郵便室)
www.fusosha.co.jp

印刷・製本　図書印刷株式会社


Printed in Japan
ISBN 978-4-594-09307-5　C0197